KB076501

발아래 먼 산 찾아서

# 발아래 먼 산 찾아서

**초판 1쇄 인쇄**  2019년 8월 10일
**초판 1쇄 발행**  2019년 8월 15일

**지은이**  여계봉
**펴낸이**  전승선
**펴낸곳**  자연과인문
**북디자인**  D.room

**출판등록**  제300-2007-172호
**주소**  서울시 종로구 삼일대로 445-12
**전화**  02)735-0407
**팩스**  02)744-0407
**홈페이지**  http://www.jibook.net
**이메일**  jibooks@naver.com

ⓒ 2019 여계봉

ISBN 979-11-86162-35-4 03810
값 15,000원

※ 이 책은 저작권법에 따라 보호를 받는 저작물이므로 무단복제와 무단전재를 금
하며 이 책 내용의 전부 또는 일부를 이용하려면 반드시 저작권자와 자연과인문
의 서면동의를 받아야 함.

**여계봉** 지음

— 이야기가 있는 인문산행 —

자연과
인 문

텅 빈 산속 숲에서 나무, 산새 그리고 바람의 이야기를 듣는다.
산길을 걷는 당신을 응원합니다.


_____님 께

여는 글

    사람은 '길 떠나는 존재'라고 한다. 자연의 숨소리를 들으며 자연이 부르는 곳으로 가면 된다. 우리는 이것을 '삶의 여정'이라고 한다.
    '삶의 여정'에서 산오름은 땅과 입맞춤하듯 천천히 오르면서 바람에 땀을 들이며 잠겨 보는 단상이다.
    걸으면 걸을수록 산은 더욱 살가워진다. 몸은 산에 머물기 원하고 마음은 산이 들려주는 이야기들을 듣기 원하다 보니 친밀함은 더욱 가까워지고 그리움은 더욱 깊어진다.

    산모퉁이 돌면 어떤 풍경이 기다릴까?
    향기만 보내준 숨은 매화를 만날 수 있을까.
    화음을 빚어낸 산 식구들을 볼 수 있을까.
    아침 햇살에 푸름이 출렁거리는 숲이 있을까.
    산모퉁이는 돌 때마다 가슴을 설레게 한다.

    겹겹이 이어지는 산그리메를 따라 걷다 보면 몽환적인 선경을 노래한 숱한 시인 묵객들을 만날 수 있지만, 장구한 세월 동안 산자락에 기대고 산 우리네 민초들의 서러운 한숨도 들을 수 있고, 질곡의 고개를 넘나들던 보부상들의 거친 숨결도 느낄 수 있다.
    그래서 산은 공존의 대상이며 공감의 상대이자 인생의 동반자다. 이탈리아의 산사람 귀도 레이(Guido Rey)는 "노동처럼 유익하고, 예술처럼 고상하고, 신앙처럼 아름다운 산행을 원한다."라고 말했다. 자연과 사람, 모든 것들과의 만남을 산으로 여기고, 그 만남이 노동이고, 예술이고, 신앙처럼 아름다웠으면 한다.

이 글들은 필자가 산을 좋아하는 사람들과 함께 자연의 숨소리를 들으러 인생의 동반자인 산으로 삶의 여정을 떠나서 노동처럼 유익하고, 예술처럼 고상하며, 신앙처럼 아름다운 산행을 한 흔적들이다.

어느 시인의 시구처럼 '한낮의 햇빛 속을 걸어갈 때에 그대를 가로막는 부끄러움' 때문에 출간을 망설였지만, 이내 '첫사랑의 가슴 떨리게 하는 설렘'이 '부끄러움'을 밖으로 밀어내는 바람에 그동안 필자의 네이버 블로그 '발아래 먼 산'에 담겨있던 흔적들과 코스미안뉴스에 기고한 기사들이 책으로 활자화되어 세상 바깥으로 나오게 되었다.

이 책이 나오기까지 여러분들이 도움을 주셨다. 십 수 년 간 산 오름에 함께 해 준 산우들, 책 표지를 캘리그라피로 예쁘게 꾸며준 친구 이강련, 풍성하고 볼거리 넘치는 책으로 만들어준 '자연과인문' 대표님, 출간 작업을 격려해주신 코스미안뉴스 이태상 회장님과 이봉수 논설주간님께 깊은 감사를 드린다.

끝으로 주말마다 가출하는 남편을 눈 흘기지 않고 묵묵히 바라봐 준 아내, 출간에 힘을 실어준 아들 영민이와 며느리 예슬이, 딸 지영이와 사위 봉윤이, 그리고 올 11월에 태어날 손자 천둥이가 내 곁에 있어 나는 늘 행복하다.

2019년 여름
여주 우두산 자락 離騷軒에서
발아래 먼 산 여 계 봉

CONTENTS

여는 글 ___006

#봄 산

산행 금주령 유감 ___015
매화향 가득 담은 섬진강은 그리움으로 흐른다 ___020
가는 봄이 그리워 소백산이 서럽게 우네 ___030

#여름 산

서파 산문의 천상화원을 지나 백두산에 오르다 ___047
삼각산 원효봉에 올라 의상을 불러보다 ___054
꽃이 춤추고 숲이 노래하는 거칠고 순결한 비수구미 ___061
천년의 숲길을 따라가면 금강산 화암사가 있다 ___068

#가을 산

색시처럼 다소곳이 산객 반기는 관악산 무너미 고개 ___083
다산(茶山) 정약용을 따라 만추의 북한산을 원행(遠行)하다 ___091
만추에 젖은 내변산 산사 가는 길 ___099
가을날 떠나보자 오대산 선재길 ___110
자연이 그린 秋상화 장성 백양사와 백암산 ___118

#겨울 산

백운산 자락에 핀 동강할미꽃, 그리고 동강에 흐르는 정선아리랑 ___133
곰배령 겨울 숲은 빈 나뭇가지를 훑는 바람소리 뿐 ___140
보고도 못 보는 느낌의 산 월출산 ___148
겨울 산사 가는 길 ___156

계절의 서정시가 들려주는 계방산 겨울이야기 ___162

神이 빚은 설국에 혼저옵서예 ___170

순백의 황산(黃山)에서 구름바다(雲海)를 건너다 ___182

나시족 신들의 거처 히말라야 동쪽 끝 옥룡설산에 오르다 ___198


# #지구촌 인문기행

눈물겹도록 아름다운 길, 차마고도 호도협 ___217

고성아래 호수와 섬, 사람들은 블레드라고 부른다 ___232

알함브라Alhambra 궁전의 추억 ___243

노르웨이 트롤퉁가, 그 끝에 서다 ___255

시베리아의 푸른 눈동자, 바이칼 호수와 나를 찾아 떠난 여행 1부 ___260

시베리아의 푸른 눈동자, 바이칼 호수와 나를 찾아 떠난 여행 2부 ___271

아드리아해의 진주, 크로아티아 두브로브니크 ___279


# #섬기행

피안의 섬, 소매물도 등대섬 가는 길 ___293

한 떨기 연꽃 같은 통영 연화도 ___301

죽향(竹香)이 춤추는 섬, 오곡도 ___310

선유도, 그곳에 가면 신선을 만날 수 있을까 ___317

아름다운 섬 장사도에 숨겨진 이야기 ___325


# #노변정담(爐邊情談)

007가방을 든 사나이 1부 ___335

007가방을 든 사나이 2부 ___341

가을을 남기고 떠난 사람 ___345

높은 곳에 오르면 일상의 눈이에서 볼 수 없는
세상의 다른 모습을 발견할 수 있다.
산을 오르면서 서로 가까워지는 것은
함께 땀을 흘리면서 이런 즐거움이 주는
가치를 공유하기 때문이다.

# #봄 산

산행 금주령 유감
매화향 가득 담은 섬진강은 그리움으로 흐른다
가는 봄이 그리워 소백산이 서럽게 우네

# 산행 금주령 유감

워낙 산을 좋아하다 보니 국내 100대 명산을 모두 올랐고, 백두대간 종주도 마쳤으며, 1년에 한 번씩 해외 원정 산행도 즐기는 산 마니아다. 이렇게 산을 좋아하다 보니 자의반 타의반으로 대여섯 군데 산행 모임에서 산행대장을 맡고 있다. 그런데 요즘 산행 모임에 나갈 때마다 마음이 편치 않다. '대장님. 오늘 산행 때 막걸리 한 병 가져가면 안 되나요?' 산행 때마다 회원들이 불퉁한 표정으로 나에게 던지는 질문이자 불만이다. 마땅한 대답을 찾지 못해 아직도 제대로 된 답변을 못 하고 있다.

작년 3월 통과된 자연공원법 시행령 개정안 때문에 이제 국내 모든 산에서는 음주를 할 수 없다. 탐방로는 물론이고 대피소에서도 안 된다. 자연공원법이 국립공원, 도립공원, 시·군립공원, 지질공원을 포함하므로 국토의 모든 산이 해당된다고 볼 수 있다. 1차 적발되면 5만 원, 2차 이후는 10만 원씩 과태료를 내야 한다.

물론 산에서의 음주 단속은 긍정적인 면도 일부 있다. 산에서 분별없이 술판을 벌여 소란을 일으키는 일부 몰상식한 등산객을 단속하여 건전한 산행문화를 정립하고, 음주로 인한 안전사고를 사전에 예방하는 조치로 볼 수

있다. 그러나 이런 극소수의 등산객을 단속하기 위해 일률적으로 법의 잣대를 들이대는 행위는 '빈대 잡기 위해 초가삼간 태운다'는 비난을 면하기 어렵다.

　주무부처인 환경부는 음주로 인한 안전사고를 줄이기 위해 시행령을 개정했다고 밝혔다. 음주 사고가 그만큼 많았다는 해석인데, 통계를 분석해 보면 꼭 그렇지 않다. 등산 전문지 '월간 산'은 환경부를 인용해 최근 6년 동안 국립공원에서 음주로 인한 안전사고가 모두 64건으로, 국립공원 안전사고의 5%였다고 보도했다. 이 5%를 줄이려고 산행 중 금주령이 내려진 것이다. 해외 원정 산행도 많이 가보았지만 산에서 음주를 금지하는 나라는 코란을 실천하는 무슬림 국가를 제외하고는 본 적이 없다.
　국토의 70%가 산악지형인 우리나라에서 산은 국민들이 산행과 트레킹을

통해 힐링을 즐기고 체력을 증진하며, 도전 정신을 키우고 모험을 실천하는 공간이다. 2015년 산림청 통계에 따르면 현재 한 달에 한 번 이상, 산에 오르는 국내 등산 인구는 1,300만 명으로 추산된다. 여기에 트레킹 인구 약 1,000만 명을 더하면 여가 활동으로 산을 오르는 국민은 무려 2,300만 명을 헤아린다. 이는 우리나라 전체 인구의 절반에 조금 못 미치는 많은 국민들이 산을 즐기며 생활하고 있다는 증거이기도 하다.

그런데 이번 조치는 너무 즉흥적이고 근시안적인 정책이라고밖에 평가할 수 없다. 수많은 소시민들이 산에 올라 자연의 품속에서 풍광을 즐기며 막걸리 한 잔으로 일상의 스트레스를 푸는 행위가 과연 과태료까지 물려야 할 범죄 행위인가? 시원한 막걸리 한잔에 희열을 느끼는 감정까지 규제 대상으로 묶는다면 이 얼마나 서글픈 현실인가.


모처럼 하루, 산과 자연 속으로 산행을 하면서 소박한 음주를 즐기며 일상에 지친 심신을 위로받는 국민들의 행복추구권을 박탈하는 행정기관의 이번 조치는 비난의 대상이 될 수밖에 없음을 명심해야 할 것이다.

산행 중 과도한 음주 행위는 신체에 위험하다는 사실을 인지하지 못하는 국민들은 없다. 이런 문제는 성숙한 시민 의식과 건전한 등산 문화가 만들어가는 것이지 국가 권력이 법으로 강제할 부분이 아니라는 것이다.

주무부처인 환경부는 이번에 시행령을 개정하면서 한 번도 국민들에게 의견을 묻지 않았다. 이번 조치는 나라가 국민을 믿지 못하기 때문에 강제적으로라도 막아야 한다는 극히 권위적이면서도 전형적인 행정 편의주의 정책의 발로라고밖에 평가할 수 없다.

우리도 이제 시민 의식이 많이 성숙했고, 등산 문화도 많이 건전해졌다. 그러나 아직도 우리 사회는 여전히 자율보다 통제를 앞세운다.

우리나라 최초의 산장이자 국내 산악인들의 정신적 고향인 북한산 백운

산장을 폐쇄하려는 국립공원의 처사도 이와 비슷한 맥락이라고 본다. 백운 산장은 90년 동안 한결같이 산악인들에게 고향 같은 존재로 자리매김해 온 산악문화유산이다. 그동안 40여 년간 산장을 지켜온 산장지기 부부를 몰아 내고 국립공원에 귀속시키고자 무리하게 행정력을 동원하는 바람에 지금 '백운산장 귀속반대 서명운동'이라는 역풍을 맞고 있다.

개인이 판단할 개인의 자유에 대하여 국가 권력이 과도하게 관여하는 것 이 과연 올바른 방법인지 묻고 싶다. 산에서 발생하는 개인의 행위에 대한 책임을 묻는다면, 산에서 발생하는 모든 사고는 국가가 책임을 져야 한다.

과연 국민은 벌금의 의무만 있고, 국가는 책임의 의무가 없는 것인가.

# 매화 향 가득 담은 섬진강은
# 그리움 되어 흐른다

봄이 오는 소리가 들린다. 꽃이 봄보다 먼저 왔나 보다.

섬진강은 한반도의 뭍에 봄이 상륙하는 관문이다. 봄의 화신이 백운산 자락의 동백 숲에 온기를 불어넣으면 붉은 동백은 섬진강변의 매화를 깨우고, 섬진강은 매화 향을 가득 담고 유유히 흐른다. 이윽고 매화는 산수유를 재촉하고, 산수유의 노란 영혼은 벚꽃을 부드러운 숨결로 어루만져 꽃망울이 터져 나오게 한다.

매화꽃 꽃 이파리들이
하얀 눈송이처럼 푸른 강물에 날리는
섬진강을 보셨는지요.

늘 이맘때만 되면 김용택 시 '섬진강 매화꽃을 보셨는지요'에 나오는 이 구절이 떠올라 가슴이 벌렁거린다.

천천히 올라오는 봄기운에 가만히 몸을 맡겨도 되지만, 홍매가 전하는 꽃 향기를 맡아야만 봄인 줄 아는 성미 때문에 남도를 향해 먼 길 떠난다.

푸른 옷으로 갈아입는 들판에 피어오르는 아지랑이는 너른 들을 덮고 있던 겨울옷을 걷어내고, 새순이 돋아나는 나무 밑으로 겨우내 움츠리고 있던 풀들이 기지개를 켠다.

매화 축제 기간이라 밀려드는 차량들 때문에 예정보다 늦게 산 들머리 관동 마을에 도착한다. 이곳에서 갈미봉과 쫓비산에 올라 섬진강 매화마을로 내려선다.

봄을 향해 달려가는 길목에 있는 관동마을 산자락은 연두와 초록이 번지고 있다. 마을 안쪽에 쫓비산 6.5㎞를 가리키는 이정표를 따라 오르면 온통 매실나무가 반긴다.

초입부터 매화 향과 초록 수목들이 내뿜는 상큼함이 훅 밀려온다. 산행 시작 1시간 채 안 돼 배딩이재에 올라선다. 오른쪽 방향은 매봉을 거쳐 백운산으로 가는 등로이고, 왼쪽 쫓비산은 3.9㎞다. 재에서 갈미봉 쪽으로 10여 분쯤 올랐을까. 숲을 벗어나니 한순간 하늘이 열리고 양쪽 방향이 트이는 안부가 나타난다. 오른쪽에 불쑥 솟은 2개의 암봉 억불봉과 그 옆에 뾰족한 백운산이 보인다. 하동 악양 평사리 섬진강 너머에는 백운산(1,216m)이 거대한 장벽처럼 서 있다. 백두대간 호남정맥이 내장산, 무등산을 거쳐 조계산에서 동진한 뒤 이곳 백운산에서 마지막 용틀임을 한다. 그리고는 악양벌이 내려다보이는 곳에 무릎을 세워 쫓비산을 만든 후 섬진강에 발을 담근다.

다시 숲으로 들어가면 공원 속 산책로 같은 아름답고 고즈넉한 숲길이 무려 5㎞ 이상 이어진다. 나무들이 피워 낸 신록의 고운 빛이 나를 유혹하면, 나는 기꺼이 그 신록의 품속으로 뛰어들어 행복한 봄을 누리리라. 이윽고 갈미봉에 닿는다. 팔각정자가 서 있고 갈미봉 좌측 아래로 섬진강이 보인다.

아득한 섬진강을 보면서 갈미봉 마루금을 타고 간다. 오른쪽으로 백운

산 정상이 아스라이 보이고 억불봉이 힘차게 다가선다. 바람재에 바람이 분다. 형체 없는 바람은 나뭇잎을 어루만지고, 나의 마음도 다독거린다.

갈미봉에서 능선을 계속 따라가면 쫓비산과 토끼재를 지나 섬진강에 발을 담근다. 쫓비산은 쪼빗하다는 말에서 유래가 되었다는 설도 있고, 쪽빛 섬진강물을 내려다보고 있는 산이기 때문이라는 설도 있다. 어찌 되었든 그 이름이 재미있다. 정상에 서면 동쪽으로 열린 조망을 통해 형언할 수 없이 아름다운 섬진강 줄기가 다가온다. 굽이치는 흐름을 따라 시선을 오른쪽으로 옮기면 강 언저리에 300년의 숲 하동 송림이 보인다.

갈림길에서 직진 진행하면 토끼재로 간다. 갈림길에서 왼쪽으로 하산하면 잠시 뒤에 매화군락과 대숲에 둘러싸인 청매실농원이 아래에 보인다. 겨우내 움츠렸던 꽃망울 터트리며 활짝 핀 홍매화 붉은 속살이 몽환적이다. 산자락과 강가에는 봄의 생명력이 가득하다. 청매실농원의 수백 개에 달하

는 옹기가 바둑알처럼 정렬돼 있다.

한 구비 도는 산길에서 섬진강과 마을 풍경을 보면서 매화밭에 들어서니 경기민요 매화타령이 절로 나온다.

좋구나! 매화로다 어야디야 어허야 에 디여라. 사랑도 매화로다.

현란한 색과 강렬한 향에 취해 무릉도원에서 무아지경에 빠져 길을 잃을 것 같다.

백매화가 단아하고 청아하다면 홍매화는 열정적이다. 야윈 듯 가지 위에 점점이 붉은색에 흰색 물감을 조금 떨어뜨린 듯 화사한 홍매화는 화려한 빛깔로 유혹하는 여인의 미소처럼 언제나 뭇 남정네들의 가슴을 설레게 한다.

겨우내 움츠렸던 꽃망울을 터트리며 활짝 핀 매화는 오늘따라 더욱 도도하다. 넉넉한 꽃잎이 그러하고, 바람에 흔들리는 모습이 그러하고, 맑은 향이 그러하다.

경봉 스님은 생전에 "향기에도 소리가 있다"고 설하지 않았던가. 지금 매화 향은 봄을 노래하고 있다.

백운산 자락 12만 평 동산에 마치 흰 눈이 내린 듯 온통 매화로 뒤덮여 있다.

투박한 돌담과 초가집 그리고 매화꽃이 어우러져 마치 한 폭의 동양화를 그려낸다. 봄을 시샘하는 차가운 강바람이 산자락으로 달려오지만 만개한 매화꽃은 전혀 개의치 않고 화려한 자태를 자랑하고 있다. 봄의 예감은 아롱거리는 햇살에 스며오고, 봄의 기쁨은 벙그는 매화 꽃송이 따라 피어난다.

농원을 일군 홍쌍리 여사는 지금의 청매실농원을 세운 신지식인 농업인이다. 온갖 시련과 역경을 딛고 일어선 그녀를 두고 차가운 눈 속에서 피어난 매화꽃에 비유하기도 한다.

매화마을을 뒤로하고 강가로 내려선다. 유려(流麗)함을 자랑하는 섬진강은 전북 진안 팔공산 옥녀봉 아래에서 발원한 물이 계곡에서 급하게 흐르거나 밭을 만나고 들을 적신 뒤 남해로 220㎞ 대장정, 마지막 느림의 미학을 풀어놓는다. 수월정(水月亭)에서 섬진강을 바라본다. 이제 매화꽃이 져서 이 강물이 서러움으로 흐르면 어떤 물빛이 내 가슴을 적셔줄까. 섬진강의 푸른 물결과 황금빛 모래 위로 흩날리는 홍매화 꽃은 한 폭의 수채화다.

강 건너 하동읍내의 섬진강 변에 펼쳐진 흰 모래밭과 울창한 송림 때문에 하동은 백사청송(白沙靑松)의 고장이라고도 불린다. 매화 떠나보내는 강가로 내려선다. 그리고 유려하게 흐르는 물빛 가득한 섬진강을 한참 동안 바라본다.

봄물 오른 푸른 갈잎 서걱대는 섬진강가에 서 보았는가.
초봄 흐린 날, 청매실 마을에서 붉디붉은 매화 속살을 보았는가.
강물에 그림자 드리워 강물이 서러운 섬진강가 매화나무를 보았는가.

강가에 서서 서럽게 떠내려간 홍매화 꽃잎처럼 붉게 울어 보았는가.

이제 꽃이 지면 꽃 피던 가지에는 그리움이 물오른다.
지는 노을이 번지는 강가에 서면 서러움이 그리움 되고,
바람결에 매화 향 담은 강물은 세상 모든 그리움도 같이 담고 흐른다.

눈물에 젖지 않고, 그리움 스며있지 않고, 서러운 빛 빠진 강이라면 내 다
시는 섬진강을 찾지 않으리.

# 가는 봄이 그리워
## 소백산이 서럽게 우네

산은 제 발로 찾아가지 않으면 저절로 오는 법이 없다. 산은 택배가 되지 않기 때문이다.

산행 버스가 중부고속도로를 지나 영동고속도로에 들어서니 도로는 주차장 수준이다. 오늘부터 3일 동안 연휴인지라 강원도로 향하는 차들이 꼬리를 물고 있다.

천천히 가니 한편으로 많은 것들이 시야에 들어온다. 아까시나무와 이팝나무는 짙은 녹음 속에서 군데군데 하얀 구름꽃을 피우고 있다.

만종분기점에서 중앙고속도로로 빠져 나오니 비로소 버스가 제 속도를 내기 시작한다. 중앙고속도로는 직선으로 길을 내다보니 터널 속과 다리 위만 달리는 느낌이다. 똬리를 튼 5번 국도상의 죽령(689m) 고갯길을 4.6km의 터널을 뚫어 40분 걸리던 고갯길을 5분 만에 통과하게 됐으니 오죽하겠는가.

죽령 터널을 빠져나오니 드디어 차창가로 소백산 줄기가 눈앞에 드러난다. 여기를 지날 때마다 항상 경이로움으로 소백산을 바라본다. 겨울이면 언제나 하얀 눈을 이고 있는 소백산은 비로봉(1,439m), 국망봉(1,421m), 제1연화봉(1,394m), 도솔봉(1,314m) 등의 많은 봉우리들이 연봉을 이루어 웅장하면서도 부드러운 산세로 장관을 연출한다. 소백산은 대설원의 부드러움과 장쾌함이 돋보이는 겨울 산의 대명사이다.

하지만 5월이 되면 소백산은 천상화원을 연출한다. 정상 비로봉에서 동북쪽의 국망봉, 신선봉, 연화봉 능선을 따라 철쭉이 무리지어 피어나 수천 그루의 주목과 어우러지며 산을 꽃단장한다. 오늘 산행은 꽃단장한 소백을 보기 위함이다. 철쭉이 만개한 5월에서 6월 초순에 오르면 비로봉 정상부를 울긋불긋 물들인 천상화원을 감상할 수 있다.

소백산의 대표적인 등산로는 삼가야영장-비로봉-연화봉-희방사 코스다. 소백산 주봉인 비로봉 남쪽에 자리한 삼가 주차장은 비로봉을 최단거리로 오르는 들머리다. 삼가 주차장에서 비로봉까지 5.5km라는 이정표가 있는 야영장 입구에서 시멘트 포장길을 따라 2km 가량 올라서면 비로사가 나온다.

소백산은 천년고찰을 품고 있는 한국 불교의 성지이기도 하다. 국망봉 남동쪽에 초암사, 비로봉 남쪽에 비로사, 연화봉 남서쪽에 희방사, 산 동쪽의 부석사, 북쪽에는 천태종의 본산인 구인사가 있다.

비로사를 통해 비로봉으로 오르는 길은 아름다운 오솔길이자 정상인 비로봉을 오르는 가장 빠른 지름길이다. 비로사에서 등산로는 달밭재까지 북동쪽으로 이어지다 재에 이르러 능선을 타고 북서쪽으로 치닫는다. 양반바위부터 비로봉까지는 제법 오르막을 타고 올라야 한다. 그래도 철쭉나무 그늘 아래 바위가 거의 없는 부드러운 흙길을 밟고 오르는 산길이 즐겁기만 하다.

화사한 연분홍 철쭉이 키 큰 아름드리 소나무와 전나무의 안내를 받으면

서 식장을 들어서는 신부 모습 같다. 큰 나무 밑에는 둥글레와 애기나리들이 끊임없이 조그맣고 하얀 얼굴을 내밀어 들러리를 서 준다. 오솔길이 끝나는 곳에 이르면 짙은 수목에 가려졌던 하늘이 열리기 시작하면서 비로봉 정상이 보이기 시작한다. 시야가 트이니 약간은 지루했던 오솔길 산행이 탄력을 받기 시작한다.

산행 들머리에서 2시간 만에 정상인 비로봉(毘盧峰, 1,439m)에 도착한다. 정상에 서면 남으로 연화봉, 도솔봉, 묘적봉이 끝없는 대간 산그리메를 이룬다. 비로는 석가의 진신을 높여 부르는 칭호인데 금강산, 오대산, 속리산 등 국내 명산의 최고봉이 모두 비로봉이다. 비로자나(毘盧遮那)는 부처의 광명이 세상을 두루 비추어 가득하다는 뜻으로, 부처의 진신은 진리 그 자체다. 비로봉 역시 소백산 그 자체로 손색이 없다.

　소백산 능선을 기준으로 북쪽은 단양, 남쪽은 영주 지역인데, 두 지방자
치단체 간 소백산에 대한 애정과 집념이 대단해서 정상에는 정상석이 2개나
있고, 철쭉축제도 일주일 사이로 따로 열린다.

　소백산은 자주 비교되는 근처 태백산보다 100m 정도 낮지만, 고봉들이
줄지어 서있어 산세는 그보다 더 장엄하고 계곡이 길며 그윽하여 수려한 맛
도 한층 더하다. 하지만 분수령을 넘나드는 칼바람은 웬만한 돌멩이는 모
두 날려 버릴 정도로 드세다. 동부에서 서남 방면으로 뻗어 내린 소백의 능
선이 늘 북풍을 맞받기 때문이다.

　이곳에 오늘은 마음이 평화로운 사람만이 느낄 수 있는 미세한 바람이 분
다. 그리고 그 길을 함께 걸은 사람들은 서로의 낮은 숨결마저도 읽을 수 있

는 사이가 된다.

비로봉에서 대간 길은 북으로 국망봉(1,420m), 상월봉, 늦은맥이재, 고치령으로 이어진다. 조선 명종때 남사고(南師古) 선생이 소백산에 올라 "이 산은 사람을 살리는 산"이라 감탄하면서 절을 올렸다는 기록이 있다. 그만큼 소백산은 사람과 닮아있다는 뜻이다.

높은 곳에 오르면 일상의 높이에서 볼 수 없는 세상의 다른 모습을 발견할 수 있다. 산을 오르면서 서로 가까워지는 것은 함께 땀을 흘리면서도 이런 즐거움이 주는 가치를 공유하기 때문이리라. 환희심이 지나친 것일까? 끝 간 데 없는 초록 숲의 바다에 풍덩 뛰어들고 싶다. 살아서 천년, 죽어서 천년이라는 주목군락과 어우러진 비로봉 일대의 철쭉 풍경은 대자연의 신비로움 그 자체다.

나무데크 쉼터에서 등산화 끈도 풀고, 산오름 하면서 죄었던 긴장의 끈도 풀고, 배낭 속의 도시락도 풀고, 허리띠도 푼다. 대간 마루금에서 즐기는

산상 부페는 소박하지만 화려하다. 산정의 대평원에서 느긋하게 즐기는 단출한 식사는 세상 어느 만찬도 부럽지 않다. 악명 높기로 유명한 소백산 칼바람마저 오늘따라 유순하기 그지없다. 따사로운 대자연의 평원에서 들이키는 소백산 냉 막걸리 한 잔으로 저잣거리에서 묻혀온 속진을 날려 보내니 폐부까지 시원해진다.

　소백산은 우리나라 으뜸의 육산이다. 비로봉에서 연화봉까지 3.5km 코스는 연분홍 빛깔로 은은한 향내를 풍기는 철쭉들이 주위 비경과 어우러져 산행 내내 눈을 즐겁게 한다. 여인의 육체처럼 부드러운 능선을 따라 펼쳐지는 대평원의 장쾌함은 어디서나 돋보인다.

　제1연화봉에서 유순한 나무데크길을 내려서면 연화봉으로 오르는 가파

른 돌길이 기다리고 있다. 불가에서 '청정'을 의미하는 연화(蓮花)를 접견하기 위해 이 정도 수고는 감내해야 하지 않겠는가. 연꽃이 시궁창 속에서 피어나면서도 연잎이 더러워 지지 않듯이 세파 속에서도 번뇌에 휘둘리지 않고 평정심을 잃지 말아야겠다고 마음을 다잡아본다.

기상관측소 너머로 죽령에서 이어지는 대간의 도솔봉, 묘적봉 산군이 버티고 서있다. 연화봉(1,383m)에 올라서면 풍기 쪽으로 희방사가 있는 수철리가 보이고, 죽령 쪽으로는 제2연화봉과 기상 관측소 너머로 죽령에서 이어지는 대간의 도솔봉, 묘적봉의 산군이 버티고 서있다. 저 산그리메는 동으로 벌재와 황장산을 거쳐 남으로 월악산까지 계속 이어진다.

죽령은 신라와 고구려가 밀고 당기던 국경이기도 하다. 고구려 온달장군이 '옛날 잃었던 땅을 되찾지 못하면 결코 돌아오지 않겠다.'라며 출정한 곳이 바로 이곳이다.

연화봉은 죽령과 희방사로 내려서는 분기점이다. 연화봉에서 희방사로 길을 잡는다. 약 1시간 정도 급경사 길을 내려오면 만나는 깔딱재는 소백산을 오르는 등로 중에서 가장 험한 길이다. 깔딱재에서 희방사로 내려가는 급경사의 계단길이 끝없이 이어진다. 산에 오르면서 가슴에 품은 아름다운 추억들이 혹여 흐트러지지 않을까하는 조바심에 조심조심 가슴을 쓸어안고 내려간다.


산 아래 절집 희방사(喜方寺) 대웅전 앞은 석가탄신일을 앞두고 형형색색 연등들로 치장하고 있다. 신라 선덕여왕 때 창건된 고찰 희방사에는 안타까운 사연이 있다. 사찰에 보관하고 있던 국보급 문화재 『월인석보』권1과 권2의 판본(版本)이 화재로 소실되었다는 사실이다.

희방사 바로 아래에 있는 희방폭포는 높이 28m의 영남 제1폭포다. 3면 기암괴석 사이로 떨어지는 폭포수의 굉음에 근처 초목들은 늘 깨어있다. 용

소(龍沼)에 발을 담그기도 전에 산행의 열기가 싹 달아나 버린다.

　서울로 가는 버스 창가에 기대어 이십여 년 전 죽령에서 소백을 오를 때
옛 기억을 되살려본다. 마침 그때는 철쭉이 지는 계절이었다.
　죽령은 과거 죽지령으로 불렸는데 이곳에서 태어나 김유신을 도와 삼국
통일을 완성한 화랑이 바로 죽지랑이다. 신라의 득오는 어려운 시절에 자신
에게 도움을 주었던 화랑 죽지랑을 그리며 8구체의 향가 '모죽지랑가(慕竹
旨郎歌)'를 짓는다.

　가는 봄이 그리워
　모든 것이 서러워 우네
　아름다운 얼굴에
　주름살이 지려 하는구나
　잠시 나마
　만나 뵙게 되었으면
　님이여 그리운 마음으로 가시는 길
　쑥대마을에 자고 갈 밤 있으실까

　소백산의 가는 봄을 생각하니 득오처럼 괜스레 마음이 애잔하고 서럽기
그지없다.

숲은 실로 이상적인 공간이다.
숲길을 걷는 순간
스스로를 제법 사람답다고 느낀다.
산은 진정 순수한 지혜의 토량이다.

# #여름 산

서파 산문의 천상화원을 지나 백두산에 오르다
삼각산 원효봉에 올라 의상을 불러보다
꽃이 춤추고 숲이 노래하는 거칠고 순결한 비수구미
천년의 숲길을 따라가면 금강산 화암사가 있다

# 서파 산문의 천상화원을 지나
## 백두산에 오르다

라오닝성(遼寧省) 퉁화(通化)에서 1박 후 아침 일찍 백두산을 향해 출발한다. 그동안 요동반도를 이동하면서 끝없이 펼쳐진 옥수수밭만 보다가 송강하(松江河) 부근에 오니 벼와 옥수수 농사를 같이 경작하는 모습을 볼 수 있다. 여기는 우리 선조들이 황무지를 개간하여 일군 땅이다.

송강하를 지나 1시간 정도 하얀 자작나무 숲길을 달리니 백두산 서파 산문 주차장에 도착한다. 주차장은 서파를 통해 백두산에 오르는 관광객들 차량으로 이미 만원이다. 하늘 위 뭉게구름을 보니 일단 천지 조망이 무난하리라 예상되지만, 천지 날씨는 예측 불허이므로 안심하기에는 아직 이르다.

서파 산문을 통과하면 천지 아래 서파 주차장까지 셔틀버스로 약 30분 이상 이동해야 한다. 과거에는 백두산 관광지구를 연변조선족자치주에서 관리를 해 왔으나, 동북공정 정책 시행 이후에는 중국 정부에서 직접 관리하고 있다.

백두산 천지를 오르는 들머리 산문은 모두 네 곳이다. 파(坡)는 중국말로 언덕이란 뜻인데, 가장 먼저 일반인에게 공개된 북파, 오늘 오르는 서파, 압

록강 대협곡으로 유명한 남파, 유일하게 북한 쪽에서 오르는 동파가 있다. 과거에는 장백폭포가 있는 북파 코스만 개방되어 2번 모두 북파를 통해 천지에 올랐다.

셔틀버스가 평지를 벗어나 고갯길로 들어서면서 야생화의 천국 고산화원이 펼쳐지고 형형색색의 야생화가 우리를 반긴다. 셔틀버스는 가파르지는 않지만 꾸불꾸불한 산길을 거침없이 달린다. 겨울에 이 길은 천연 스키장이 되어 스키어들이 이용하는데 모터 스키를 타고 산 위로 올라간다.

서파 산문 천지 주차장에서 정상(2,740m)까지는 900m 거리인데, 1,442개의 계단을 올라야 한다. 과거에는 백두산을 오르는 여행객이 90% 이상 한국인이었지만, 최근 중국인들의 소득이 크게 향상되면서 역전현상이 일어나 지금은 중국인들이 90% 이상이다.

천지로 오르는 고산화원 길가로 꿩의 다리와 금매화가 지천으로 군락지

를 이루고 있다. 고산화원은 7월 말부터 야생화 천국의 천상화원으로 아름
다움의 극치를 이룬다.

관광객을 태운 가마꾼의 격한 숨소리가 반대편 등산로까지 넘어온다. 가
마를 타지 않은 사람도 마음이 편치 않다.

아래 주차장에서는 아주 맑았는데 천지에 가까워지자 금세 흐려진다. 찌
뿌둥한 하늘은 곧 소나기라도 내릴 것만 같다.

서파 산문 주차장에서 출발한지 40분 만에 마지막 1,442번째 계단에 올
라선다. 2,740m의 백두산 서파 정상에 도착한 것이다. 정상부의 능선 주위
는 천지의 차가운 수증기로 이루어진 안개로 가득하다. 백두산은 북한의
양강도 삼지연군과 중국의 길림성에 걸쳐있는데, 중국에서는 장백산(長白
山)이라고 부르며, 높이는 2,750m로 한반도에서 가장 높은 산이다. 산 정
상에 백색의 부석이 얹혀 있으므로 마치 흰 머리와 같다고 하여 '백두산(白
頭山)'이라 부르게 되었다 한다.

정상에 오르자마자 아직 낮은 구름에 잠긴 천지와 37호 경계비를 배경으
로 인증샷 찍느라 몹시 분주한 모습이다. 모두 한마음으로 안개가 걷히기
를 기다리고 있지만 천지는 쉽게 그 속살을 보여 주지 않는다.

천지는 둘레 14.4km, 평균 깊이 213.3m인 칼데라호다. 둘레에는 장군봉
을 비롯한 화구벽 오봉이 병풍처럼 둘러서 있다. 호수의 수온은 10℃ 내외
이고 빈영양호(貧營養湖)이므로 식물성 부유생물, 작은 곤충류, 이끼류가
살고 있으나 어류나 파충류는 거의 서식하지 않았다. 하지만 천지 물가에
있는 북한천지연구소에서 수많은 산천어 치어를 천지에 방류하여 현재는
산천어가 서식하고 있다.

천지가 서서히 안개를 걷어내고 그 진면목을 드러낸다. 왼쪽이 천지물이
유일하게 빠져나가는 통로인 달문인데 이 물은 장백폭포로 떨어져 송화강
으로 들어간다. 달문 우측으로 철벽봉(2,550m)과 천문봉(2,670m)으로 이

어진다. 백두산 산행 코스 중 가장 먼저 일반에게 개방된 곳은 북파 쪽인데 산세가 험준한 편이다. 단군신화에서 백두산은 태백산으로 묘사되어 있는데, 환인의 아들 환웅이 내려와 신시를 건설한 산이고, 하늘과 맞닿은 공간으로 홍익인간의 이념을 발현한 한민족 역사의 시원지이다.

백두산은 북동에서 서남서 방향으로 뻗은 장백산맥의 주봉으로 최고봉은 2,750m의 장군봉이다. 장군봉은 내내 구름에 가려있어 하산 때까지 그 모습을 볼 수 없어 아쉬움이 크다. 백두산 등정 네 갈래 길 중 동파코스는 북한에서 오르는 유일한 코스인데, 양강도 삼지연 쪽에서 장군봉 쪽으로 오른다. 지난 해 문재인 대통령과 김정은 위원장도 이 길로 같이 올랐다.

이곳에 서니 남과 북의 백두대간을 세계 최초로 종주한 사람이 한국인이 아닌 뉴질랜드인 로저 셰퍼드라는 사실이 한편으로 부끄럽기 그지없다.

서파 아래 천지로 내려서는 길이 또렷하게 나있지만 아래로 내려가지 못

하도록 나무 펜스가 쳐져 있고, 현지 관리인과 군인들이 접근을 통제하고 있다. 북파에서 올랐을 때 2번 모두 천지로 내려가 천지 물에 손을 담그기도 하고 물통에 물을 채워 여행 내내 아껴 먹었던 기억이 떠오른다.

1시간 정도 정상에 머물다가 아쉬움을 뒤로 하고 하산한다. 백두산을 백두산이라 부르지도 못하는 서글픔이 밀려온다. 한국인 관광객의 일거수일투족을 감시하는 현지 공안들과 조선족 가이드조차 장백산이라 부르는 것을 보니 동북공정(東北工程)이 더욱 강화되고 있다는 것을 느낄 수 있다.

요동을 호령했던 고구려의 그 찬란한 영광은 결코 남의 유산이 아니다. 남의 것을 내 것으로 만드는 그 터무니없는 역사 왜곡 작업은 언젠가는 참담한 결과로 마무리될 것이다.

천지 하산 길에 산 능선을 덮은 노란 금매화가 우리를 위로해준다. 산 아래 지평선 끝까지 장쾌하게 펼쳐진 금강대협곡은 하늘과 맞닿아 우리 민족의 호연지기를 나타내는 표상처럼 보인다.

　숙소로 돌아가는 버스 속에서 북녘땅 백두대간을 통해 백두산 장군봉을 오르는 그 날이 하루속히 찾아오기를 진심으로 염원해 본다.

# 삼각산 원효봉에 올라
## 의상을 불러 보다

산동무들과 삼각산 초입에 들어서니 뭉게구름이 늦여름의 햇빛을 헤치고 내려앉는다. 입추 지나 말복 가니 시원한 바람이 불더니 말복 지나 처서가 코앞에 오니 여름이 문득 멈춘다.

백화사 가는 둘레길로 들어서니 칼날같이 예리한 의상봉이 산객을 압도한다. 둘레길 따라 내시 묘역을 지나 공원 입구로 들어서면 계곡 왼쪽으로 어머니 젖가슴같이 유순하고 편안한 봉우리가 산객을 반긴다. 하나는 화엄종(華嚴宗) 개창자 의상의 현신, 다른 하나는 정토종(淨土宗) 개창자 원효의 현신이다.

두 봉우리 사이 협곡에는 북한산 깊은 골짜기에서 흘러내린 깨끗하고 차디찬 물이 역동적으로 흐른다. 통일 신라의 불교를 대표하는 원효와 의상, 서로 협력자이면서도 때로는 라이벌 이기도 한 두 거두의 치열한 논쟁을 식혀주는 냉각수인 셈이다.

같은 시대를 함께 살던 두 사람이 당나라 현장법사에게 수학하러 중국으로 가던 길에 일어난 원효의 일화는 유명하다. 한밤중에 바가지에 담긴 물을 마신 후 아침에 일어나서 해골바가지에 담긴 썩은 물을 본 원효는 일갈

한다.

아하! 세상만사 유심조(世上万事 唯心造)라, 사물 자체에는 정(淨)도 없고, 부정(不淨)도 없는 것을.

'모든 것이 마음에 달렸음'을 크게 깨달은 원효는 더 이상의 유학을 포기하고 홀로 되돌아온다.

그 후 원효는 "모든 것에 거리낌이 없는 사람이라야 생사의 편안함을 얻느니라."라는 노래 무애가(無碍歌)를 지어 부르며, 스스로 군중 속에 뛰어들어 당시 왕실 중심의 귀족화된 불교 이론을 민중불교로 바꾸는 노력을 하게 된다.

한편, 원효와 헤어진 의상은 당나라로 건너가 8년간의 수학을 마치고 귀국한다. "오묘하고 원만한 법은 증명할 길이 없는 것으로, 인연에 따라 이룰 수 있다."라고 설법하며, '체제 속의 질서이론'을 체계화하여 귀족적 불교인 화엄종을 개창한다. 당시 신라는 통일 전쟁을 마치고 새로운 국가체제를 갖추어 나갈 시점으로, 원효의 '자율성'이 아니라, 의상의 '체제 질서 이론'이 절실하게 필요했던 터. 대중들은 원효의 사상을 신봉하고 따랐으나 지배층은 의상의 사상을 지지하고 받아들인다. 자연히 원효는 민중 속으로 떠돌게 되고, 왕실의 전폭적인 후원을 받은 의상은 해동화엄의 개조로 승승장구하게 된다.

상운사로 오르는 산길로 들어서자 갑자기 경사가 급해진다. 우리나라 불교 고승 두 분의 체면도 있는데 친견하러 가는 길이 그렇게 녹녹해서야 될 법인가. 상운사를 지나고 20여 분 코를 땅에 박고 오르면 북문을 지나 원효봉 정상에 이른다.

눈앞에 환희로운 세상이 펼쳐진다. 녹음 사이로 군더더기 하나 걸치지 않고 속살을 드러낸 삼각산의 거대한 암봉들. 그것이 뿜어내는 신성한 기운.

웅장, 수려, 신비하다고밖에 달리 표현할 길이 없다.

북한산 암봉군의 백미는 역시 백운대, 인수봉, 만경대가 연출하는 신비로움, 이 세 개의 화강암 덩어리야말로 말 그대로 압권이다. 절묘한 위치 배열, 상아빛 거봉 세 개가 바위 뿔 모양을 하고 하늘을 떠받치듯 솟아있는 산. 삼각산(三角山), 참으로 잘 지은 이름이다.

우리네 이웃같이 부드러운 원효봉 정상에서 협곡 너머로 손을 내밀면 손에 닿을 듯한 거리에 의상이 참선수도한 의상봉이 지호지간에 있다. 톱니처럼 날카롭고 험한 산세는 철두철미, 용맹 불퇴의 전형인 의상의 모습과 너무 흡사하다. 의상봉이 있는 의상능선은 대서문-의상봉-용혈봉-문수봉까지 약 3.5km의 성곽구간을 이른다.

이곳에 서서 의상봉을 오래 보고 있노라면 정수리가 찡해지고 몸 전체가 저려 오는 전율을 느끼게 된다. 귀신을 보고 "한 그림자에 외로이 싸우며, 죽음을 무릅쓰고 물러나지 않았다."고 갈파한 의상의 냉정한 '통찰(洞察)'

이 느껴지는 듯하다.

의상이 이성적이라면 원효는 감성적이다. 치밀하게 준비하여 목적한 바를 이루고야 마는 의상에 비한다면, 원효는 설렁설렁대다 실수만 하는 역할을 자주 맡는다. 그런데 그런 원효이기에 역설적으로 민중의 마음 깊숙이 들어갈 수 있었던 것이 아닐까.

이곳에 서니 원효에게는 직관(直觀)을 중시한 원효의 길이, 의상에게는 통찰(洞徹)을 중시한 의상의 길이 서로 다른 길을 걸으면서도 '대립 속의 조화'를 지향하였으리라는 생각이 든다.

어리석은 중생을 위해 할(喝) 하는 두 거두의 외침이 들리는 듯하다.

불계(佛界)와 속계(俗界)의 경계는 있기나 한 것인가. 틀에 얽매이지 않는 원효의 자유로운 사상은 스스로 파계하여 태종 무열왕의 딸 요석공주와 로맨스를 만들어 아들 설총을 낳고, 방방곡곡 구름처럼 떠돌며 불교의 진리를 설파한다.

의상이 참선 수도한 의상봉 아래 대가람 국녕사의 대불이 원효봉에서도 잘 보인다. 하산 길에 원효가 참선 수행한 절집 원효암에 들른다. 가건물 같은 작은 법당 하나와 판잣집을 겨우 면한 요사채 한 채가 원효봉 암벽에 의지하여 둥지를 틀고 있다.

절집 규모만으로 원효의 틀에 얽매이지 않는 자유로운 사상과 의상의 체제 속의 질서이론을 단정하면 이는 지나친 비유일까.

다음 산행은 의상봉에 올라 원효를 불러 보기로 하고 산 동무들과 가을빛 짙어가는 서암문을 나선다.

# 꽃이 춤추고 숲이 노래하는
# 거칠고 순결한 비수구미

6월의 어느 토요일, 답답하고 무료한 도심지를 벗어나 생명의 도시 화천으로 떠난다.

화천읍에서 해산령까지는 약 20km 거리다. 한적한 지방도를 따라 평지와 오르막을 30분쯤 달리면 터널이 하나 나타난다. 남한 최북단, 가장 높은 곳에 위치한 해산터널이다. 길이 1,986m인 해산터널은 직선으로 쭉 뻗어 있다. 그래서 터널 안에 들어서면 저만치 앞에 바늘구멍처럼 출구가 보인다. 터널 출구가 비수구미 길 들머리인 휴게소다.

화천의 여름은 해산령과 비수구미 계곡에 가장 먼저 찾아든다. 화천읍에서 평화의 댐으로 이어지는 460번 지방도를 타면 해산령 아흔아홉 굽이를 푸르른 초록으로 물들인 신록의 바다를 만날 수 있다. 인적도, 오가는 차량도 드문 구절양장의 고갯길을 오르

내리는 동안 눈 앞에 펼쳐지는 생
명의 푸르름이 현란하다.

'비수구미(秘水九美)'는 '신비로
운 물이 빚은 아홉 가지 아름다운
경치'라는 뜻이다. 비수구미 마을
로 향하는 호젓한 산길에는 원시림
을 방불케 하는 짙은 녹음과 크고
작은 바위가 계곡을 따라 끝없이
펼쳐져 있다. 육지 속 섬이라 불릴
만큼 천혜의 자연으로 아름답게 보
존된 청정지역 속으로 들어선다.

더운 열기를 식히는 소나기가 숲
을 스치고 지나가자 유월의 뜨거운
햇살이 내리쬔다. 휴대폰도 터지지
않는 깊고 호젓한 숲길을 따라 걷는 기분이 상쾌하다. 계곡의 물소리와 바
람 소리가 내내 우리 곁을 따라오고, 길은 처음부터 끝까지 내리막이라 수
월하다.

해산령이 드라이브를 즐기며 여유 있게 신록을 감상하는 코스라면, 비수
구미 계곡은 두 발로 걸어야만 만날 수 있는, 그러나 흘린 땀과 수고에 빼어
난 경치로 화답하는 매력적인 코스다. 푸른 나무들이 지천으로 들어선 여름
숲에 이르니 잠시 자괴감에 빠져든다. 저마다 홀로 섰으면서도 조화로운
숲을 이루는 자연스러움. 큰 나무와 작은 나무, 잎이 무성한 나무와 성긴 나
무의 저 평등한 동거. 여기에는 아무런 결함이 없으며, 아무런 어리석음이
없다.

숲은 실로 이상적인 공간이다. 산은 진정 순수한 지혜의 도량이다. 숲길

은 걷는 순간 스스로를 제법 사람답다고 느낀다. 산이 보듬어주는 덕택이다. 온갖 수목들이 섞여 우거진 숲속 깊이 들어갈수록 시원하고 어둑하다. 숲은 길게 이어진다. 전나무 그림자 잠잠하게 내린 오솔길도 구불구불 줄기차게 이어진다.

엄청 오래된 뽕나무 밑에서 오디를 따서 바로 먹는 야생도 맛본다. 산속에 흐드러지게 핀 아카시아 꽃향기에 취하고 때론 이름 모를 야생화에 감탄하면서 산길을 걸어간다.

다리 밑 계곡에서 맑은 물소리와 시원한 바람소리 들으며 함께 하는 식사는 지상 최고의 만찬이다. 시원한 냉 막걸리 한잔에 유월의 숲속 열기는 달아난 지 이미 오래다.

구불구불한 산길에는 깊은 고독이 스며있다. 고독은 그림자 되어 산객에게 어김없이 다가온다. 심연의 고독 속에서 내가 누구인지, 내 삶이 어떠한지 그 실타래가 보이는 듯하다.

더운 한낮의 햇볕이 한 점 새소리마저 흡입한 탓인가. 비수구미 산길에 적막이 가득하다. 한바탕 삶의 여정이 끝난 뒤의 정적이 이런 것일까. 삶이 끝나는 순간에도 이렇게 황홀한 고요에 닿게 될까.

한국 전쟁이 끝나고 외지인들이 모여들어 화전을 일구며 살았던 비수구미 마을은 평화의 댐 일원에 조성된 평화의 종과 비목공원 등이 안보관광지로 부각되면서 일반인들에게 비로소 알려지기 시작했다고 한다.

2시간 걸려 도착한 비수구미 마을은 1970년대 초반, 화전이 금지되면서 원주민들은 거의 다 떠나고 지금은 몇 가구만이 단출하게 남아 있다.

마을에서 산 중턱으로 이어지는 적막하고 고즈넉한 현수교를 느릿느릿 걷다 보니 마음이 여유롭고 충만해진다. 시간이란 달리는 기차와 같다. 시간으로부터 자유로워지는 방법은 시간을 좇아가지 않는 것이다. 다리를 건너면 파로호 호반과 접해있는 숲길이 나온다. 6월의 태양은 호반 위에서 뜨겁게 타오르고 있지만 숲속 길로 접어들자 이내 꼬리를 내린다.

호수에서 불어오는 산들바람에 여린 나뭇잎들이 흔들리는 소리, 물소리 인 듯 새소리인 듯 가물가물 들려오는 이런저런 소리들이 기분 좋게 귓전에 머물다 간다. 이런 길을 걸으며 마음이 열리지 않을 이, 행복을 느끼지 않을 사람이 있을까. 주변에 서 있는 초목들이 뿜어내는 싱그러운 향기가 진하다.

마지막 산허리를 한 굽이 넘어서면 파로호 끝자락에 평화의 댐 선착장이 한눈에 들어오고, 산자락 끝 물가에서 낚싯대를 담근 채 졸고 있는 강태공의 모습이 그리도 안온하게 느껴진다.

눈길조차 마주하지 못했던 강태공이 바삐 걸어가는 우리 일행에게 한마디 하는 듯하다.

"여보게. 뭘 그리 서두르나. 어차피 인생은 뚜벅뚜벅 걷는 것인데. 앞서려 서두르지 않으면 인생이 여여(如如)하다네."

# 천년의 숲길을 따라가면
# 금강산 화암사가 있다

천년이 넘는 역사를 간직하고 있는 금강산 화암사 주소는 강원도 고성이지만 위치적으로는 강원도 속초시에 접근되어 있고, 대명 델피노콘도 가까이 있는 전통 사찰이다.

금강산 자락에서 나를 찾아 떠나는 흔치 않은 체험을 앞두고 가벼운 흥분마저 느낀다. 화암사 숲길 트레킹을 통해 금강산 최남단의 속살을 볼 수 있기 때문이다.

화암사는 신라 혜공왕(서기 769년) 때 창건된 사찰로 창건 이후 잦은 화재로 설법전 1동만이 원형을 보존하고 있는 무명사찰이었으나 1991년 제17회 세계잼버리대회가 근처 학사평에서 열리면서 세상에 널리 알려져 사세가 크게 확장되었다 한다.

혹자는 화암사를 일컬어 '남몰래 감춰두고 혼자만 보고 싶은 절'이라고 말한다. 그리 크진 않지만 정갈하면서도 고즈넉한 느낌으로 자리한 전각, 그리고 금강산 최남단의 빼어난 절경이 한눈에 들어오는 남다른 경관 덕분일 것이다. 오늘따라 일주문의 '금강산 화암사'라는 현판이 유난히 눈길을 사로잡는다.

화암사 숲길 트레킹은 일주문에서 출발하여 수바위, 성인대, 화암사를 거쳐 다시 일주문으로 원점회귀 하는데, 약 8km 거리를 4시간 정도 걷게 된다.

본격적인 트레킹은 화암사 초입의 매점에서 시작된다. 매점 앞에 난 산길을 따라 약 10분 정도 오르면 수바위가 나타난다.

화암사는 백두대간인 신선봉이 주산인데, 원래 사찰 이름은 화엄사(華嚴寺)였다. 신라 36대 혜공왕 5년 진표율사가 창건하여 이곳에서 수많은 대중에게 '화엄경'을 설했는데, 이 때문에 붙여진 이름이다. 진표율사는 이곳에서 지장보살의 현신을 친견하고 그 자리에 지장암을 창건, 화엄사의 부속 암자로 삼았다. 이때 이후 화엄사는 지장기도 도량으로 널리 알려졌으며 지금도 지장보살의 가피를 원하는 신도들의 발길이 끊이지 않고 있다. 절 이름이 공식적으로 화암사(禾巖寺)로 바뀐 것은 건봉사의 말사가 되면서부터이다.

수바위에 올라 설악산 방향으로 고개를 돌리면 울산바위와 달마봉, 화채능선이 아스라이 보인다. 수바위는 화암사 창건자인 진표율사를 비롯한 이 절 스님들 수도장으로 사용되었다.

벼 이삭 수(穗)가 들어간 수바위(穗岩)에는 재미있는 전설이 있다. 화암사는 민가와 멀리 떨어져 있어 스님들은 항상 시주 구하기에 어려움이 많았다. 그러던 어느 날 이 절에 사는 두 스님의 꿈에 백발노인이 나타나 수바위에 조그만 구멍이 있으니 그곳을 찾아 끼니때마다 지팡이로 세 번 흔들라고 말했다. 잠에서 깬 스님들은 아침 일찍 수바위로 달려가 꿈에서 노인이 시킨 대로 했더니 두 사람분의 쌀이 쏟아져 나왔다. 그 후 두 스님은 식량 걱정 없이 편안하게 불도에 열중하며 지낼 수 있게 되었다. 몇 년이 지난 어느 날 객승 한 사람이 찾아와 수바위에서 나오는 쌀로 스님들이 걱정 없이 지낸다는 사실을 알고서 엉뚱한 생각을 하고 수바위로 달려가 지팡이를 넣고 수십 번 흔들었다. 그러나 쌀이 나와야 할 구멍에서 엉뚱하게도 피가 나오는 것이었다. 객승의 욕심 탓에 산신의 노여움을 사는 바람에 그 후부터 수바위에서는 쌀이 나오지 않았다고 전해진다.

이 전설 때문에 절 이름도 쌀 화(禾)와 바위 암(巖), 즉 화암사(禾巖寺)로 바뀌게 된다.

수바위에서 내려와 성인대를 향해 숲길로 접어든다. 퍼즐 바위를 지나 성인대까지는 제법 가파른 오르막을 약 30분 정도 치고 올라야 한다. 한여름의 땡볕을 뚫고 거친 숨을 몰아쉬며 힘든 산오름을 계속한다.

성인대와 화암사 삼거리 이정표에서 왼쪽으로 가면 울산바위 최고의 전망대인 약 200m 길이의 너럭바위가 나온다. 성인대는 금강산 신선들이 내려와 놀고 갔다 하여 신선대라고도 불린다. 성인대에 서면 남으로 학사평과 속초 시내, 서로 울산바위, 북으로 신선봉이 다가선다. 대자연의 웅장함 앞

에 그저 바라만 봐도 가슴 벅찬 감동이 밀려오고 말문이 닫힌다.

너럭바위에 우뚝 선 낙타바위는 그야말로 불법을 외호하는 호법신장과 흡사하다. 너럭바위가 끝나는 곳까지 가면 울산바위를 코앞에서 만나볼 수 있다. 둘레가 4km, 6개의 거대한 바위로 이루어진 울산바위는 고서에 천후산(天吼山)으로 기록되어 있다. 바람이 6개의 거대한 암봉을 지나면서 내는 소리가 하늘이 우는 소리로 비유한 것이다.

너럭바위 끝에서 뒤로 몇 걸음만 물러나면 좌로부터 달마봉, 화채능선, 대청, 중청, 울산바위, 미시령이 그려내는 파노라마가 대형 스크린처럼 펼쳐진다.

뱀처럼 꾸불꾸불하게 이어지는 미시령 정상의 휴게소는 터널 개통 이후 폐업했다. 잊혀진 길을 보면 잊혀진 사람이 연상되어 산객은 잠시 연민에 젖는다. 미시령과 연결되는 상봉, 신선봉 이들 봉우리는 마산봉을 거쳐 진

부령, 향로봉으로 이어지는 백두대간을 이룬다. 화암사의 주봉 신선봉은 금강산 제1봉으로, 남녘땅에는 금강산 1만 2천봉 중 7개 봉우리가 있다.

이곳 성인대에서 신선봉(1,204m)까지 약 6km의 등로는 천국문이라 불리는 바위틈 사이를 비집고 가야 하는 난이도가 있는 코스이다. 그러나 신선봉에 오르면 푸른 동해가 발아래로 보이고 맑은 날씨에는 향로봉 너머로 금강산 연봉까지 볼 수 있다.

화암사로 내려서는 숲길은 더운 열기를 식혀주는 평화로운 길이다. 도량을 향해 자분자분 산길을 걷다 보면 산오름에 거칠어졌던 호흡이 차분해지고 들떠있던 마음도 평정심을 되찾는다.

이윽고 화암사 경내로 들어선다. 시야가 탁 트이고 햇살 투명한 양명한 곳이니 어찌 암자가 깃들이지 않을까. 절 마당 앞에는 신록 숲을 뚫고 나온 수바위가 온몸으로 백색을 발하고 있고, 청정한 산죽이 목화처럼 눈꽃을 피

우고 있는 대웅전 너머에는 주봉인 신선봉이 절집을 협시하고 있다.

느릿느릿 걷는 것처럼 마음에 충만을 주는 행위도 드물다. 햇볕 따가운 이런 날은 청솔 그늘 길을 걷는 것만도 그저 고마울 뿐이다. 화암사 계곡을 따라 흐르는 물소리와 청솔 바람 소리가 일품이다. 물소리에서 솔내음이 나고 솔바람에 돌돌돌 맑은 물소리가 섞여 있다.

산객 가슴에도 솔내음과 물소리가 켜켜이 잰다.

삼라만상의 자연은

모두가 자유자재이거늘

인간만이 사소한 것에 마음의 덫을 걸어

그 마음을 가두니 안타까울 뿐이다.

# #가을 산

색시처럼 다소곳이 산객 반기는 관악산 무너미 고개
다산(茶山) 정약용을 따라 만추의 북한산을 원행(遠行)하다
만추에 젖은 내변산 산사 가는 길
가을날 떠나보자 오대산 선재길
자연이 그린 秋상화, 백양사와 백암산

## 색시처럼 다소곳이 숨어서 산객
## 반기는 관악산 무너미 고개

　서울의 조산(朝山)인 관악산(632m)은 전형적인 골산(骨山)으로, 송악산, 화악산, 감악산, 운악산과 더불어 경기 5악(五岳)의 하나다. 악(岳)의 명칭이 말해주듯 산 전체가 불꽃처럼 펼쳐진 웅장한 암릉과 암봉으로 이어져, 바위의 강한 기운 때문에 예로부터 화산(火山)으로 불려온 산이다.

　역사의 격변기마다 구설에 오르내리는데 산객에게는 그저 아름다운 바위산으로만 여겨진다. 산자락은 넉넉하며 맑고 깨끗한 계곡이 7부 능선까지 이어지는데 이렇게 수기(水氣)가 넘치는 산에 화기(火氣) 운운하는 것이 어쩐지 낯설기만 하다.

　관악산이 거느린 주능선, 팔봉능선, 육봉능선의 산줄기 때문에 바위가 발달해 어느 등산로를 택하든지 험한 암릉을 만나게 된다. 하지만 관악산은 예상외로 시원한 계곡이 흐르는 계곡 위에 부드러운 언덕길을 숨기고 있는데, 그곳이 바로 무너미 고개다.

　험준한 관악산이 무너미 고개를 품은 모습은 마치 무뚝뚝한 사내가 조용하고 은밀한 이곳에 예쁘고 얌전한 색시를 감추어놓은 것처럼 느껴진다. 고개 같지 않은 고개지만 묘한 매력을 풍기는 곳이어서 만추에 물들어가는 오

늘도 관악산 자락을 찾는다.

　서울대 입구에 있는 관악산 공원 시계탑에서 산꾼들을 만나 '관악산 공원'
현판이 붙은 커다란 일주문을 들어서면서 산행이 시작된다. 여기서 널찍한
도로를 따라가면 호수공원 입구에서 길이 갈린다. 삼성산은 직진, 왼쪽으
로 가면 무너미 고개 방향이다. 호수공원을 지나면 왼쪽으로 시원한 계곡
길이 이어진다. 제법 수량이 많은 완만한 계곡 옆에 난 산길을 따라가면 아
카시아 동산을 지나 널찍한 공터인 제4야영장에 닿는다.

만추에 젖어가는 관악산 자락길은 무심히 단풍잎을 흔들며 지나는 바람결에 솔향이 묻어 있다.

여기서 길이 갈리는데, 왼쪽은 관악산 정상 연주대 방향으로 대부분의 사람들은 이곳으로 간다. 인적이 드문 무너미 고개로 이어지는 길을 따라가면 이윽고 삼막사 길이 갈라지는 삼거리가 나오고 약수터에서 목을 축인다. 들려오는 소리라고는 숲길 옆 개울 물소리와 단풍잎을 스치는 바람 소리뿐이다. 이름 모를 산새들이 내는 소리는 마음을 일깨워 머릿속을 비워주는 자연의 가르침으로 들린다. 약수터에서 조금 더 올라가면 수줍은 색시처럼 다소곳한 자태로 산객을 기다리는 무너미 고갯마루에 이른다. 관악산 공원 입구에서 여기까지는 가파른 길 하나 없이 그야말로 구렁이 담 넘듯 고갯마루에 오른 것이다.

제4야영장에서 무너미 고개 가는 이 길은 인적도 뚝 끊겨 호젓하기 그지없다. 필자가 가장 좋아하는 관악산 산길이다.

고개 정상은 참으로 볼품없다. 지형상으로 보면 옛날 관악과 안양의 등짐장수와 봇짐장수들이 짐을 바리바리 메거나 머리에 이고 넘어간 고개일진대, 무수히 많은 옛사람들이 이 길을 오가며 흘렸을 땀과 아름다운 추억과 간절한 기도가 배어 있는 산길일진대, 오가며 쌓아놓은 돌무더기도, 잠시 숨을 돌릴 작은 공터도 없다. 이 조그마한 고개를 통해 관악산과 삼성산이 연결된다는 것이 놀라울 뿐이다.

어쩌면 두 산이 만나면서 서로 자신을 낮추었기에 그런 것은 아닐까.

'무너미'라는 땅이름에는 아름답고 고운 우리말의 예스러움과 멋스러움이 담겨있다. '무너미'란 무엇을 의미하는 말일까.

사전적 의미로 보면 논에 물이 알맞게 고이고 남은 물이 흘러넘쳐 빠질 수 있도록 만든 둑을 말한다고 되어있어 자연스럽게 '물넘이'로 해석할 수 있고, 지금도 물을 넘치게 하는 시설을 뜻하는 말로 쓰이기도 한다. 그런데 지명에서의 무너미는 지형적으로 높은 지역에 위치하여 물이 넘어간다고 하기에는 무리가 따르므로 그 어원을 밝혀볼 필요가 있다.

서울의 '수유(水踰)리'는 '무너미'의 '무'를 '물(水)'로 보았고, 음성 평곡리의 '무너미'는 한자로 '군월티(群越峙)'로 표기하여 '무'를 '무리', '뭇'의 의미로 보았다. 또한 산(山)의 고유어로 '미, 뫼, 메, 매' 등이 있는데, 단양 대강 금곡의 '매나미재'의 예처럼 '무'의 어원은 '뫼(山)'로서 '뫼너미〉매너미〉무너미'의 변화 과정으로 유추해 볼 때 '산을 넘어가는 고개'라고도 해석할 수 있다.

어느 설이 맞는지 필자가 판단할 능력은 없지만, 관악산 무너미 고개를 넘다 보면 두 설이 다 일리가 있다는 생각이 든다.

숲은 가을이 장관이다. 온갖 수목이 오색으로 물들고 특히나 단풍나무의

붉은 빛이 햇살에 빛날 때 왜 단풍의 상징성을 단풍나무가 가져갔는지 알게 된다.

고개 정상에서 학바위 능선 쪽으로 길을 잡고 산길로 계곡 가면 저 아래 계곡 물소리가 점점 크게 들린다. 관악산 팔봉능선에서 흘러내린 물이 계곡을 따라 삼성천으로 흘러간다. 삼성천은 삼성산에서 발원하여 시흥계곡을 따라 흘러 안양천으로 흘러 들어간다.

삼성천을 따라 울창한 숲속으로 평탄한 하산 길이 이어진다. 신발을 벗고 맑디맑은 계곡물에 발을 담근 채 시원한 막걸리 한 잔을 들이키면 이게 바로 신선놀음이 아니던가.

막걸리 마시는 공터 위로 바람이 나뭇가지를 스치고 지나간다. 바람처럼 안팎으로 거리낌이 없어야 비로소 자유로울 수 있는 것. 본래 내 것이 있었던가. 한때 맡아 가지고 있었을 뿐인데.... 놓아 버리는 연습을 익혀 두어야 지혜로운 자유인이 될 수 있는데 이게 참 힘들다.

하산하는 숲길 길섶에 도란도란 웅크린 풋풋한 풀들이 얼굴을 내민다. 나무 그림자 내린 맨흙 바닥은 푹신하고 맑은 한지처럼 순수하다. 산길이 해맑아 온몸으로 산과 섞인다. 여기에 그 어떤 욕심도, 고뇌도, 번민도 없다. 그저 그 자체로 무구하고 아름답다. 길이 도(道)이고 도가 길인 이유가 이와 같다.

계곡과 나란히 어깨동무하고 있는 오솔길을 따라 서울대 수목원으로 내려가는 산길을 걷는다. 있는 듯 없는 듯한 산길을 한참 내려오던 중 문득 이런 생각이 떠오른다.

세상이 물에 잠겨 있는 상황은 곧 카오스(CAOS) 상태다. 이것은 코스모스(COSMOS)를 맞이하기 위한 준비 단계로 해석할 수 있는데, 결국은 혼란한 현실에 대한 부정과 동시에 질서가 바로 선 새로운 세상에 대한 민초들의 열망을 대변한다고 볼 수 있다.

전국에 산재한 무너미 고개의 전설들은 서사구조가 단순하고, 지역별로 차이가 있지만 새로운 세계에 대한 열망을 담고 있다는 점에서 당시 관악산 무너미 고개를 넘나들던 민초들도 이런 희망을 가슴에 품고 살았는지 모른다.

# 다산(茶山) 정약용을 따라 만추의
## 북한산을 원행(遠行)하다

조선 선비들 사이에 유행하는 '독만권서 행만리로(讀萬卷書 行萬里路)'. 즉, '만 권의 책을 읽고 만 리를 걷는다'는 뜻인데 요새 말로 사대부들의 '아웃도어 활동'이다.

서화에서 향기가 나려면 문향(文香)이 그윽한 산을 찾아야 한다. 전국의 명산대천을 찾아다니던 다산은 남양주 여유당 자택을 떠나 꼬박 하루나 걸려 양주 고양의 흥국사에 도착한 후 절에서 하룻밤을 보낸다. 다음 날 아침 북한산성 입구에서 기다리던 도반들을 만나 산성 계곡을 따라 깊은 가을 속으로 들어간다.

중성문을 지나 대동문으로 향하는 계곡을 따라 오르다 용학사 갈림길에서 태고사 방향으로 산길을 도니 중성문이 나온다. 중성문 너머로 노적봉과 산성 주능선 자락은 단풍이 절정이다. 단풍이 내려오는 속도는 사람의 하루 평균 걸음 속도와 비슷하다. 이것이 자연의 속도다.

일엽지추(一葉知秋) 만산홍엽(滿山紅葉)이라 했던가. 나뭇잎 하나가 떨어지는 것을 보고 가을을 알고, 그 나뭇잎 하나가 퍼지고 퍼져 만산홍엽을 이룬다.

　다산은 어릴 때부터 형제이면서 평생을 신뢰하는 벗이자 서로의 멘토로 지내던 형 약전과 같이 남양주 집 뒷산을 자주 올랐다. 율리봉이 있는 예빈산과 예봉산을 올라 도도하게 흐르는 한강을 굽어보고, 적갑산을 거쳐 새우젓 고개에서 운길산까지 올랐다가 수종사로 내려와 스님이 석간수로 끓여내는 녹차를 마시며 북한강과 남한강 물길이 서로 조우하는 두물머리의 풍광을 즐기다가 저녁 무렵에서야 조안리 집으로 돌아오는 원행을 자주 하면서 호연지기를 길렀던 것이다.

　그래서 오랜 유배 생활을 끝내고 집으로 돌아와서도 근력이 여전하여 오랜만에 하는 산행인데도 가볍게 산길을 오른다. 오늘따라 유배지 흑산도에서 유명을 달리한 형 약전 생각이 더욱 간절하다.

　이윽고 비석거리가 보이고 그 옆에 날아갈 듯 날렵한 느낌의 누정이 서 있다. 북한산 산영루(山影樓)다. '아름다운 북한산의 모습이 물가에 비친

다.'고 해서 이름 붙여진 정자다. 100여 년 전에 화재로 소실되어 주춧돌 13
개만 남아 있다가 2014년에서야 복원되었다.

　다산과 친구들은 봇짐을 누각에 내려놓자마자 계곡으로 내려가 반반한
암석 위에 앉아 두루마기를 벗고 갓끈도 풀고 차가운 옥류에 발을 담근다.
역시 단풍놀이의 절정은 냇가에 발을 담가 씻는 탁족(濯足)이다. 계곡에 부
는 선뜩한 단풍 바람을 느끼며 즐기는 탁족은 기분 좋게 산뜩하다.

　발을 씻은 후 암반 위에 모두 누워서 먼 산과 하늘을 바라본다. 도반 하나
가 '초사'의 '어부사(漁父辭)'를 읊는다.

　"창랑의 물이 맑으면 나의 갓끈을 씻고, 창랑의 물이 탁하면 내 발을 씻
는다."

술상이 차려진 누정으로 자리를 옮겨 주석을 즐긴다. 분위기에 취한 다산이 시 한 수를 읊는다.


험한 돌길 끊어지자 높은 난간 나타나니
겨드랑에 날개 돋쳐 날아갈 것 같구나
십여 곳 절간 종소리 가을빛 저물어가고
온 산의 누런 잎에 물소리 차가워라
숲속에 말 매어두고 얘기 꽃을 피우는데
구름 속에 만난 스님 예절도 너그럽다
해지자 흐릿한 구름 산빛을 가뒀는데
행주에선 술상을 올린다고 알려오네


— 정약용, 산영루(山影樓)


가을날 해 질 녘 계곡의 해가 빨리 떨어지자 한기를 느낀 이들은 비석거리 위에 있는 중흥사로 자리를 옮긴다. 실학자인 다산과 유생인 친구들은 중흥사로 올라가서 승려들과 오랜 시간 토론을 마다하지 않는다. 늦게 잠자리에 든 이들은 절집 앞마당을 가득 채운 달빛과 산사의 풍경 소리, 계곡 물소리와 흥겨운 벌레 소리로 새벽까지 잠을 청하지 못한다.

이튿날, 중흥사에서 공양을 마친 후 근처 태고암으로 올라가 대웅전과 산신각에 들른 후 언덕 위 고려조 태고 보우 대사의 업적을 기려 세운 원중국사 부도탑도 친견한다. 태고암을 벗어나 대남문 방향으로 경사가 완만한 계곡을 올라가니 행궁(行宮)이다. 임진왜란 같은 병화가 다시는 일어나지 않기를 소원하며 숙종이 1711년 지은 행궁은 서까래가 썩어 지붕이 무너져 내린 집들이 많다. 그 위로 스산한 가을빛까지 내려앉으니 지나는 길손의 마음은 애잔하기만 하다.

대남문으로 오르는 이 길은 북한산성 축조를 명령한 숙종이, 중흥사 주지이면서 산성 축조의 책임자였던 승군 대장 성릉 스님이, 생육신 김시습이, 다산과 교류했던 추사 김정희도 지나간 길이다.

행궁에서 제법 가파른 산길을 꾸준하게 오르니 지붕이 달아나고 없는 대남문이 고개를 내밀고 우리를 반긴다. 대남문을 지나니 문수봉 아래 절벽 끄트머리에 큰 암릉을 등진 작은 암자 한 채가 보인다. 이곳으로 들어가는 길은 한 사람이 겨우 드나들 만한 폭이어서 조금만 발을 잘못 디뎌도 낭떠러지 아래로 굴러떨어지는 위험을 각오해야 한다. 건너편에는 보현봉이 구름 위에 앉아 둥둥 떠간다. 보현봉은 북한산에서 가장 기가 센 곳이라 무속인들 출입이 잦다.

절벽에 가까스로 난 좁은 길을 따라 문수봉에 매달리듯 기대고 선 문수사(文殊寺)에 들어서니 문수굴이라고도 불리는 천연문수동굴(三角山天然文殊洞窟)이 산객을 반긴다.

구기동으로 하산하는 길은 지팡이 없이 내려서기가 힘들 정도로 가파르다. 한참을 내려와야 산길이 순해진다. 그냥 내려가기가 심심하여 이백의 산중문답(山中問答)을 주거니 받거니 하면서 구기계곡을 내려온다.


묻노니 그대는 왜 푸른 산에 사는가
웃을 뿐 답은 않고 마음이 한가롭네
복사꽃 띄운 물은 아득히 흘러가나니
별천지 따로 있어 인간 세상 아니네


산 날머리가 가까워지자 도반 하나가 단풍 원행 느낌을 묻는다. 얼떨결에 조정래의 소설 〈태백산맥〉에 나오는 지리산 피아골의 단풍절경으로 소감

을 대신한다.

'새빨간 단풍들은 계곡의 물까지 붉게 물들이고, 주황빛이나 주홍빛의 단풍들 사이에서 핏빛 선연한 그 단풍들은 수탉의 붉은 볏처럼 싱싱하게 돋아 보였다.'

후세에 나올 소설 내용임을 알 리 없는 이들은 훌륭한 감상이라고 칭찬한다. 구기계곡의 단풍이 가을의 끝을 마감하는 모습이 장엄하다. 산이 붉으니 단풍 비친 계곡물이 붉고, 같이 산오름한 도반들조차 붉다. 이게 바로 삼홍(三紅)이던가.

구기동으로 내려오니 사전에 기별을 받은 노복들이 당나귀를 데리고 일행을 기다리고 있다.

도반들과 헤어지고 걷다 보니 어느새 불광역 가는 버스 정거장에 혼자 서 있다. 200년 전 호접지몽에서 깨어난 탓에 집에 와서도 눈앞이 몽롱하기만 하다.

# 만추에 젖은
## 내변산 산사 가는 길

전북 서해안에 돌출한 변산반도는 산악지대를 내변산이라고 하고, 바깥쪽 해안 일대를 외변산이라 부른다. 따라서 변산(邊山)하면 변산반도 일원을 말하며, 내변산의 쌍선봉이 주봉 역할을 한다. 내변산의 산들은 비록 300~400m 높이로 높지 않으나 첩첩한 산과 울창한 숲, 깊은 골짜기는 심산유곡을 방불케 하고 골짜기 곳곳에는 폭포와 담(潭), 소(沼)가 걸려 절승을 연출한다.

가을 산사 찾아가는 산행은 남여치-월명암-직소폭포-관음봉-내소사 코스로, 총 11km 거리에 약 4~5시간이 소요된다.

부안의 가을은 내변산 숲에서 절정을 뽐낸다. 아기자기한 산세마다 소박한 소녀의 볼처럼 물든 단풍이 산객을 맞는다.

산들머리 남여치에서 쌍선봉(458m)을 향해 본격적인 산오름이 시작된다. 쌍선봉은 입산 금지구역이라 우회하여 월명암으로 향한다. 경사진 듯 평탄한 듯 쭉 곧은 듯 구부러진 듯 완만한 진입로에 기분 좋게 다져진 흙길을 넉넉한 마음으로 천천히 걷다 보면 산사 찾는 감칠맛이 느껴진다. 무수히 많은 사람들이 이 길을 오가면서 흘렸을 땀과 그들이 남긴 발자국들, 아름다운 추억과 간절한 기도가 배어 있는 비단길이다.

남여치를 출발한 지 1시간 약간 넘게 걸려 천년고찰 월명암에 도착한다. 해발 300m 고지에 위치한 월명암은 신라 신문왕 때 의상대사가 창건하여 지금의 모습으로 남아 있는데, 절 마당은 오색 낙엽이 그림처럼 깔려 호젓하고도 스산스러운 희한한 아름다움이 밀려온다.

월명암은 변산팔경 중 월명암 법당 앞마당 가에 서서 둥실 떠오르는 밝은 달을 쳐다보는 경치와 일출과 함께 자욱한 안개와 구름이 춤을 추는 황홀한 비경 월명무애(月明霧靄), 낙조대에서 바라보는 진홍빛으로 불타는 서해 석양의 장관인 서해낙조(西海落照)를 자랑하는 곳이다.

곶감이 되기 위해 작은 암자에 매달려있는 감은 날짐승도 사람도 사이좋게 나누어 먹는다.

키 작은 대나무 군락이 좌우로 만든 능선을 따라 걷다 보면 오늘따라 능선에 부는 바람이 차고 드세어 산죽도 소리 내어 운다. 대나무 능선에 이어 암릉으로 이루어진 등로가 이어진다. 내변산의 봉우리들은 주로 편마암과 변성암으로 되어있어 기이함이 더하고 잘 미끄러지지 않아 산 타기가 쉽다. 산은 육산(肉山)과 골산(骨山)으로 나뉘는데 내변산은 골산이라고 할 수

있다. 골산은 바위의 기가 세서 이를 누를 수 있는 강하고 어진 현자(賢者)를 만나면 훌륭한 수도처가 되고, 반대로 기(氣)가 약한 사람이 살면 가위눌림이나 사고를 당한다는 속설이 있다.

오늘 등로는 산상호수로 내려가 직소폭포까지 갔다가 다시 산오름을 계속하여 뒤쪽의 산 능선을 따라서 왼쪽 위 관음봉까지 계속 가야 한다. 봉래구곡 삼거리로 내려서기 전에 병풍처럼 둘러싸인 관음봉과 주위 산그리메, 그리고 산상 호수가 눈 가득히 들어온다.

봉래구곡 삼거리로 내려서면 나타나는 이정표가 나오고, 푸른 화살표 방면으로 30분 정도 가면 내변산 매표소가 나온다. 자연보호 기념비가 있는 소공원 삼거리에서 내소사 방향으로 발걸음을 옮긴다. 소공원을 지나면 나타나는 산상호수에서 직소폭포에 이르는 봉래구곡은 변산팔경 중 제1경에 꼽히는 최고의 절경지이다.

깊은 계곡의 작은 소를 휘돌던 물이 넘쳐 바위를 타고 흐르다 직소폭포에서 떨어져 분옥담과 그 아래의 선녀탕으로 이어지고 이 물은 기암괴석과 푸른 숲을 끼고 크고 작은 담과 소로 이루어진 봉래구곡을 거쳐 마지막으로

부안군민의 식수원인 부안댐까지 흘러든다.

맑은 물길을 따라 올라간 길 끝에 조그만 언덕을 넘으면서 그림 같은 호수를 만난다. 거울 같은 수면에 산 그림자를 담고 호수는 비단결을 펼쳐 놓은 듯 아름답다. 호숫가 길을 따라 오르면서 바라본 주변의 경관에 탄성이 절로 터져 나온다. 갈수록 점입가경이다.

직소(直沼)폭포는 30m 높이에서 수직으로 물줄기가 쏟아지는데 연유하여 붙여진 이름이다. 아래에서 보면 마치 하늘에서 바로 물이 떨어지는 듯하고 물줄기에 떨어져 고이는 둥근 소는 깊이를 알 수가 없을 정도로 깊다. 직소폭포를 제대로 보려면 전망대 못 가서 아래로 내려가는 길을 따라 폭포 밑으로 가서 보는 것이 좋다.

재백이 고개 능선에서 계단를 내려와 암릉을 올라서면 길 앞에 우뚝한 관음봉이 막아선다. 이정표에서 정면으로 20분 정도 가면 관음봉(424m)이 나오고 이어서 세봉까지 등로가 연결된다. 내소사로 내려오는 중간에 돌아본 관음봉은 두 개의 암봉이 낙타 등처럼 치솟아 있다. 재백이 고개에서 내소사 방향으로 바라본 능선은 그야말로 울울창창(鬱鬱蒼蒼)이다. 그래서 택리지를 쓴 조선시대 이중환은 '변산은 우리나라 재목의 보고'라고 했던가.

등로 오른쪽으로 서해바다가 보이기 시작한다. 바닷물에서는 쪽빛인지 청보리 빛인지 푸르스름한 방광이 일고 크고 작은 섬들이 그림처럼 떠 있는 모습이 한눈에 들어온다. 쭉 뻗으면 닿을 듯 청옥빛 바다 위에 옥색 비단에 고운 장신구처럼 박혀있는 작은 섬들과 그 사이를 유영하는 고깃배들이 보인다. 기암괴석의 산자락은 해안가에 치마폭을 담그고 있다. 산하의 수목들은 머릿결처럼 살랑거리고 잎새의 잔물결들은 아름다운 율동을 만들어낸다.

발아래로 펼쳐진 아름다운 곰소만과 석포리 마을. 손에 잡힐 듯 평화롭게

다가온다.

　내소사는 본사인 선운사(禪雲寺)의 말사로, 백제 무왕 때 승려 혜구두타가 처음에는 소래사(蘇來寺)로 창건하였다. 절 뒤 관음봉을 능가산이라고도 하는 까닭에 보통 '능가산 내소사'로 부른다. 산속의 길이야 어느 곳에서든 푸르겠지만 이곳의 산색은 특히 아름답고 명산의 푸르름 또한 한결같으니 멀지 않은 곳에서 넘실대고 있을 파도와 음양의 조화를 이루는 산자락 속에 자리한 내소사에서는 누구라도 마음이 편안해질 수밖에 없을 것 같다.

　천년사찰 내소사의 대웅보전은 빼어난 단청 솜씨와 보살화를 연꽃 문양으로 조각한 문격자의 아름다움이 일품이다. 안에 모신 부처님 탱화는 눈을 마주치면 따라서 같이 움직인다고 해서 유명하다.

　내소사 은행나무 숲은 농익은 노란 물결이 최고의 절정이다. 산사를 찾은 모든 이의 마음마저 노랗게 물들인다.

　내소사의 일주문부터 천왕문까지 약 600m에 이르는 전나무 숲길은 150

년생 전나무 500여 그루와 단풍나무가 어우러져 정말 매력적이다. 단풍 질
무렵이거나 낙엽이 휘날리는 요즘 이 길을 걷노라면 몸에는 진한 나무 내음
이 배이고 경내에 들어서기 전에 벌써 마음이 정갈해진다.

　'한국의 아름다운 길'에 선정된 내소사 전나무 숲길은 봄은 벚꽃, 여름은
신록과 녹음, 가을은 단풍, 겨울은 아름다운 설경으로 계절마다 그림엽서
같은 풍경을 연출한다.

　산문을 나서니 문득 이런 생각이 든다. 불끈 솟은 관음봉도 높은 산에 비
하니 그 높이가 별것 아니고, 높게 보이던 직소폭포도 그 위에 오르니 발아
래 하천일 뿐이다.

　직소폭포에서 흐르는 물은 낮은 곳으로 흐르니 자재(自在)이고, 월명암
에 밝혀진 불은 수명 다해 꺼지니 이 또한 자재이다.

　삼라만상의 자연은 모두가 자유자재이거늘 인간만이 사소한 것에 마음의
덫을 걸어 그 마음을 가두니 안타까울 뿐이다.

삶이란 고해(苦海)이자, 화택(火宅)이다.
가을 산사로 가는 길은 이 화택에서 잠시 벗어나는 일이다.

'방하(放下)!'라고 외치니 만추(晚秋)에 젖은 내변산의 입구가 밝다.

# 가을날 떠나보자!
## 오대산 선재길

여백이 있고 향기가 넘치는 길을 걸으면 삶의 여유가 넘친다. 선재길이
바로 그 길이다. 살갗을 부드럽게 어루만지는 숲에서 풍겨 나오는 향긋함,
그리고 잎새를 헤집고 들어오는 햇살들의 짜릿함을 만나러 어느 가을날, 오
대산 월정사로 향한다.

월정사 일주문에 들면 아름드리 전나무들이 도열한 '천년의 숲길'이 산객

을 반긴다. 평균 높이가 24m, 평균 수령 80년이 넘는 전나무 1,700여 그루
가 길 양쪽으로 도열하여 월정사 금강교까지 이어지는 1km 남짓한 길이다.
월정사로 들어가는 '천년의 숲길'에서는 언제나 서늘하고 청신한 바람이 몸
을 감싼다. 2011년 '아름다운 숲 전국대회'에서 대상을 차지한 숲길이며,
TV 드라마 '도깨비' 촬영지이기도 하다.

중국 오대산에서 유학하던 신라의 자장율사는 참선 중에 문수보살을 친
견하고, 그가 지명한 이곳에 월정사를 세우게 된다. 그래서 오대산을 한국
불교 문수신앙의 성지라고 부른다.

'선재(善財)'라는 이름은 문수보살의 깨달음을 쫓아 구도자의 길을 간 선
재동자에서 유래된다. 본격적인 선재길은 월정사가 끝나는 회사거리에서
출발하여 오대천을 좌우로 가로지르며 상원사까지 이르는 8㎞가량의 고요
한 숲길이다.

햇살은 기세가 한풀 꺾이고 계곡 사이로 부는 시원한 바람을 맞으며 돌다
리를 지나 옛 선인들이 걸었던 선재길 속으로 들어간다. 선재길이 어떤 길
이던가. 천년 이상 고승들이 수행한 발자취가 고스란히 녹아 있는 길 아니

던가. 해마다 삼보일배하는 고행으로 다듬어진 길 아니던가. 자신의 실체를 찾아 헤매던 숱한 수행자들의 눈물 배인 길 아니던가.

그래서 선재길은 '길(道) 찾는 길', 즉 '구도(求道)의 길'이다.

오대산은 산 자체가 법당이며 자연이 들려주는 물소리, 새소리, 바람 소리가 법문인 그런 곳이다. 잡다하고 고단한 속세의 번거로움을 오대천 맑은 물에 헹구는 마음으로 산길을 걷다 보면 선재길이 자아내는 주변의 아름다움과 불국이 베푸는 가피로 몸과 마음이 정갈해진다. 길은 나란히 이어진 오대천 계곡을 여러 번 가로지르며 거슬러 올라간다. 오대천은 백두대간에서 오대산 비로봉을 감돌아 흐른다. 물길 따라서 바람 부는 대로 걸으니 육신조차 편안하다.

오대천 물가 숲길은 '마음을 치료하는 녹색 병원'이다. 그래서 선재길은 '치유(治癒)의 길'이다.

선재길 들머리에서 3㎞쯤 걸으면 사극에서나 볼 수 있는 섶다리가 나온다. 물푸레나무나 버드나무로 다리 기둥을 세우고, 소나무나 참나무로 만든 다리 상판 위에 나뭇잎이 달린 잔가지인 섶을 엮어 깔고 그 위에 흙을 덮어 만든다. 하천을 사이에 둔 마을주민들이 매년 물이 줄어든 가을철에 다리를 놓았다가 이듬해 큰물이 지기 전까지 이용했는데, 여름 장마가 시작되면 금방 떠내려가는 바람에 '이별 다리'라 불리기도 했다. 섶다리에는 자연을 거역하지 않고 순응하며 사는 민초들의 소박한 마음이 그대로 담겨있다.

숲길은 외길인지라 잃을 리 없고 산은 육산인지라 발끝이 닿는 촉감이 사뭇 부드럽다. 발목에 스치는 이름 모를 풀포기들이 낯설지 않아 정겨운 서정의 한 자락을 떠올리게 한다. 개망초가 지천으로 널려있는 야생화 군락지를 지나니 산들바람에 여린 나뭇잎들이 흔들리는 소리, 물소리인 듯 목탁소리인 듯 가물가물 들려오는 이런저런 소리들이 기분 좋게 귓전에 머

물다 간다.

선재길은 봄은 섬세함과 아련함으로, 여름은 호쾌(豪快)함과 장려(壯麗)함으로. 가을은 넉넉함과 숭려(崇麗)함으로, 겨울철은 털어내어 비워지는 공허(空虛)함으로 스스로를 돌아보게 한다. 선재길은 사시사철 성찰의 시간을 제공한다.

걷다가 가만히 귀 기울이면 전나무, 느릅나무, 피나무, 졸참나무, 자작나무로 가득한 숲의 속삭임이 들려온다.

가슴 켜켜이 쌓은 지난날의 미련을 찬바람에 씻겨 버리라고.
바람이 매섭지 아니하고는 숱한 앙금을 털어낼 길이 없다고.
골이 깊을수록 산이 높듯, 고통이 깊을수록 희열은 높은 법이라고.
자신들처럼 자연 속에서 스스럼없이 스스로를 드러내 보이라고.

오대천 옥계수에 세속의 근심을 떠내려 보낸다. 쉼터인 오대산장은 잠시

발걸음을 멈추고 야생화 내음 맡으며 차 한 잔의 여유를 음미할 수 있는 곳
이다. 오대산장을 지나 세조가 피부병을 고쳤다는 오대천 동피골에서 잠시
숨을 돌리고 상원사까지 3㎞ 남은 길을 재촉한다. 숲길은 상원교와 출렁다
리로 이어지고 상원사가 가까워지니 다시 빽빽한 전나무 숲이 나타난다. 길
은 상원사 입구에서 비로봉과 두로봉 방향으로 갈라지고 선재길은 여기가
끝이다.

여기까지 온 김에 상원사로 올라간다. 전각으로 가는 가파른 돌계단을 오
르면 우리나라에서 제일 나이 많은 상원사 동종이 반긴다. 절집 마당 건너
편으로 눈길이 가는 데까지 그림보다 더 곱게 겹쳐진 능선들이 산그리메를
이룬다. 모두 절집 조망을 위해 마련된 듯싶다. 이윽고 법계 밝혀줄 종소리
가 뜨락에 울려 퍼지니 여기가 바로 선계(仙界)가 아니던가.

청풍루 아래 돌계단의 다람쥐 두 마리가 발걸음을 멈추게 한다. 산객을

바라보는 눈망울에는 옷깃을 여미고 절집에 들어서라는 무언의 메시지가 담긴 듯하다.

오대산 중대(中臺)에 있는 상원사는 월정사의 말사인데 부처님의 진신 사리를 안치한 5대 적멸보궁 중의 하나다. 세조가 계곡에서 목욕을 하던 중 문수동자를 만나 악성 피부병을 치료받았다거나, 고양이에 의해 자객의 습격을 피할 수 있었다는 설화가 전해지는 등 사연을 안고 있는 세조의 원찰(願刹)이다.

산협 사이를 맵시 있게 휘어지며 돌아나가는 산 그림자가 속살같이 애틋하다. 월정사 가는 버스를 타기 위해 절집을 나선다. 절집 마당 앞은 운해를 감은 산군들이 벌써 으스름하다.

가을날 고요한 침묵 속에 고즈넉이 앉아 있는 산사 찾는 길에서는 주워올 것이 꽤나 많다. 망각 속에 묻힌 추억을 줍고 잃어버린 나도 찾는다.

내 속의 나를 찾지 못하더라도 어디든지 떠나고 싶을 때는 바랑 하나 걸머메고 오대산 선재길을 찾아볼 일이다.

# 자연이 그린 秋상화,
## 백양사와 백암산

　누구라도 꽃을 보면 닫혔던 마음이 꽃잎처럼 절로 열려진다. 그리고 보면 사람마다 불성(佛性)이 있다는 부처님 말씀은 틀림없는 진리이다.

　꽃 이름을 모르면 어떠리. 태초에 무슨 이름이 있었더냐. 이름 역시 인간이 만들어낸 관념의 그림자일 뿐.

　작은 꽃을 보고도 연애 감정처럼 가슴 뛰는 가을날을 만나고 싶다.

　가을날 꽃은 역시 단풍,
　친구야! 비 갠 뒤 더 붉어진 단풍 구경하러 장성 백양사로 가자꾸나.

　백암사 또는 정토사로 불리었던 대사찰 백양사(白羊寺)는 내장산 가인봉과 백학봉 사이 골짜기에 위치하고 있다. 백제 무왕33년에 창건되었다고 전해지는데. 숙종에 이르러 백양사로 이름이 바뀌었다 한다. 전설에 따르면 숙종 때 환양선사라는 고승이 백양사에서 설법을 하고 있는데, 백양 한 마리가 설법을 듣고는 본래 자신은 하늘의 신선이었는데 죄를 짓고 쫓겨 왔

다면서 죄를 뉘우치고 감동의 눈물을 흘렸다 하여 이름을 백양사로 고쳐 부르게 되었다고 한다.

버스에서 내려 산사로 들어가는 일주문 가는 길은 맑은 계곡물과 선홍빛 단풍이 어우러지는 정취가 그만이다. 고개를 들면 백암산의 백학봉과 유려한 능선이 한눈에 들어온다. 그 아래 멀리 보이는 절집은 화려한 단풍놀이와는 상관없이 고즈넉한 아름다움으로 가득하다.

사시사철 철 따라 변하는 백암산 산색은 금강산을 축소해 놓았다 할 정도로 아름답다. 그 중의 으뜸은 단풍이다. 산 전체와 조화를 이루면서 서서히 장작불처럼 타오르며 산을 물들이는 모습은 가히 절경이다.

산사 초입부터 조계종 18교구 본산인 백양사까지 이어지는 약 30분 거리 구간의 도로 양옆과 백양사 주위에는 단풍이 터널을 이룬다. 특히 인공미가 가미되지 않은 이곳의 자생 단풍은 일명 '애기단풍'으로 불릴 정도로 작지만 색깔이 진하다.

　절집으로 들어서는 일주문은 색계와 무색계의 경계가 갈라지는 지점이다. 청정도량에 들어서는 순간 저자거리에서 묻혀온 홍진(紅塵)은 어느새 사라지고 만다. 일주문에서 쌍계루까지 1.5km 산책로는 '한국8경'과 '한국의 아름다운 길 100선' 중 하나다.
　햇빛 좋은 이런 날 단풍 그늘 길을 걷는 것만도 그저 고마울 뿐이다. 물소리와 단풍바람 소리도 일품이다. 물소리에서 단풍 내음이 나고, 단풍바람에도 돌돌돌 맑은 물 내음이 섞여 있다. 가슴에도 물 내음 섞인 단풍바람이 켜켜이 잰다.

　산책로에서 올려다본 학이 날개를 펴고 있는 듯한 백학봉은 계절에 따라 그 색깔이 변한다. 백암산에서 뻗어 내린 백학봉은 거대한 바위봉으로, 마치 그 형태가 '백학이 날개를 펴고 있는 모습'과 같다 하여 '백학봉'이라는 이름이 붙여졌다 한다. 육당 최남선은 '백학봉은 흰 맛, 날카로운 맛, 맑은 맛, 신령스런 맛이 있다.'라고 극찬했다.
　전남 장성의 백암산(741m)은 내장산(763m), 입암산(626m)과 함께 내장산 국립공원을 이루고 있으며, 백암산은 상왕봉을 최고봉으로 내장산, 입암산 줄기와 맞닿아 있다.
　백암산 정상인 상왕봉에 서면 몽계계곡과 북서쪽으로 방장산과 입암산, 북동으로는 내장산, 남동으로는 운무에 쌓인 무등산이 한 폭의 수묵화를 그려낸다.

　아함경에는 산 정상을 올라가 보라는 부처님 가르침이 들어있다. 높은 곳

에 오르면 더 멀리 볼 수 있는데 산 아래처럼 좁은 소견으로 살 필요가 없다
는 의미이다.

절집 뒤 백학봉에 오르면 백양사와 부근 계곡의 단풍이 한눈에 내려다
보인다. 바위 끝에 서서 아래를 보면 천애절벽으로 오금부터 저려온다.
깎아지른 바위 절벽 아래로 오색 융단을 깔아 놓은 듯 단풍의 파도에 아
찔해진다.

옥녀봉에 올라 백양사를 내려다보면 암자가 마치 붉은 바다에 떠 있는 조
각배 같다. 몸은 사바세계에 머물고, 마음은 극락세계에 머문다. 울울창창
한 숲으로 둘러싸인 백양사와 팔레트에 섞어놓은 붉고 노란색 물감처럼 단
풍이 번져가는 절집 주변 산자락이 황홀 그 자체다.
백학봉 아래 쌍계루는 단풍의 백미를 만날 수 있는 곳이다. 백학봉과 쌍

계루 누각, 그리고 선홍빛 단풍이 데칼코마니처럼 연못 속에 그대로 비치는 장면은 우리 땅에서 단풍이 빚어내는 최고의 풍광이다. 붉게 물든 단풍나무에 둘러싸인 쌍계루의 단아한 자태와, 백암산 중턱에 우뚝 솟아 있는 백학봉이 멋진 조화를 이루는 모습이 무척 아름답다.

그야말로 수류(水流) 화개(花開)다.

여인의 피부처럼 하얀 백학봉과 고색창연한 누각이 청명한 가을 하늘 아래 연못에 반영을 드리우고, 애기단풍 잎들이 하나둘 떨어져 붉은 물감을 풀어놓은 듯하다.

동행한 산 친구 운야 임덕연 작가의 카메라 셔터 소리에는 오늘따라 열정이 가득하다. 임작가는 '셔터'에 내재되어 있는 의미를 '작가의 꿈'이라고 특별하게 해석한다. 꿈은 쉽게 꾸지만 인상에 남는 꿈은 깨어나서도 여운이

오래 가기 때문이라고 한다.

　뜨락의 돌부처님이 고요와 평안과 잔잔한 미소를 머금고 속인을 반긴다.
자연과 조물주의 걸작을 연출하는 백양사를 거닐다 보면 질리도록 함께하
던 마음속의 번뇌도 그대로 녹아 버리는 듯하다.
　무의식중에 내딛는 그 발걸음이 염불되어 이미 속세의 모든 근심과 몸에
배인 자만과 오만 따위는 저절로 씻겨 내릴 터이니....

　산사 초입에서 단풍내 싣고 산 위로 올라오던 골바람은 백양사에 잠시 들
러 속인 이마의 땀방울을 씻어준다. 그리고 가을의 향기까지 담아서 골짜기
를 타고 백학봉을 오른다.

　절집 아래 버스가 기다리는 주차장으로 내려선다. 도량이 시야에서 벗어나
자 단풍놀이로 흥에 겨워 들뜬 마음도 어느새 차분히 가라앉고 잔잔해진다.

　옴마니반메훔
　연꽃 속의 보석이여...

※ 사진 제공: 사진작가 운야(雲野) 임덕연

어디를 향해 가는지도 모른 채
앞만 보고 숨 가쁘게 달려가는 사람들에게
자연은 경전이자 성경이다.

# #겨울 산

백운산 자락에 핀 동강할미꽃, 그리고 동강에 흐르는 정선아리랑

곰배령 겨울 숲은 빈 나뭇가지를 훑는 바람소리 뿐

보고도 못 보는 느낌의 산 월출산

겨울 산사 가는 길

계절의 서정시가 들려주는 계방산 겨울이야기

신(神)이 빚은 설국에 혼저옵서예

순백의 황산(黃山)에서 구름바다(雲海)를 건너다

나시족 신들의 거처 히말라야 동쪽 끝 옥룡설산에 오르다

# 백운산 자락에 핀 동강할미꽃,
## 그리고 동강에 흐르는 정선아리랑

동강(東江) 백운산 자락에 사는 동강할미꽃을 만나고 싶어 눈이 드문드문 내리는 강원도 길을 달려서 점재마을에 도착한다. 동강할미꽃을 빨리 볼 욕심으로 다리를 건너자마자 강가로 내려서서 할미꽃 군락지가 있는 영

월 쪽 방향으로 1km 정도 강을 따라 내려간다.

　동강에 기대 사는 사람들은 이 꽃을 그냥 '할미꽃'이라 불러왔다. 그러던 것이 '동강할미꽃'이라는 근사한 이름을 얻게 된 것은 동강지역에서만 발견되는 한국 특산 식물임이 밝혀지자 지역명인 '동강'을 붙여 세계 학계에 공식 발표하기에 이른 것이다. 그 때문에 학명에 서식지인 동강이 표시되는 아주 귀하고 특별한 꽃이 되었다.

　그즈음 동강댐 건설을 추진 중이던 정부의 정책을 포기하게 만든 주인공이 바로 동강할미꽃이기도 하다. 겨울 햇살을 하염없이 받아들이고 있는 절벽에 핀 동강할미꽃은 봄에 결혼할 강변 처녀에게 안겨줄 부케 같다.

　동강할미꽃은 강원도 평창과 정선 지역을 지나는 동강 주변 석회암 바위 틈에서 자라는 야생화다. 동강할미꽃은 꽃이 땅을 보고 피는 일반 할미꽃과는 달리 하늘을 향해 피고 바위틈에서 자라는 것이 다르다. 강가 바위틈에 핀 동강할미꽃은 하늘을 우러러 한 점 부끄러움 없는 자태를 자랑한다. 솜털 보송보송한 동강할미꽃은 마치 어미가 물고 올 먹이를 기다리는 어린 새의 주둥이 같다.

　동강할미꽃과의 '짧은 만남, 긴 여운'의 조우를 마치고 이제 노루귀 서식처인 칠족령으로 가기 위해 백운산을 오른다.

　백운산은 정선에서 흘러나온 조양강과 동남천이 합쳐져서 이루어진 동강을 따라 크고 작은 6개의 봉우리가 이어져 있고, 동강 쪽으로는 칼로 자른 듯 급경사의 절벽으로 이루어져 있다. 오늘 산행은 점재마을을 출발하여 정상에 오른 후 칠족령을 지나 제장마을로 하산하는 약 9km 코스인데, 산행의 시작과 끝에는 동강을 건너야 한다.

　산행 초입부터 눈발이 휘날리기 시작하더니 주위는 금새 설국으로 변한다. 흰 구름이 늘 끼어 있다고 하여 백운산이라고 부르는데, 이 지역 사람들은 '배비랑산' 또는 '배구랑산'이라고도 부른다.

　유홍준이 〈나의 문화유산답사기〉에서 '국토의 오장육부'라고 표현한 정선, 평창, 영월 땅을 차례로 적시고 흐르는 동강은 험한 석회암 절벽을 굽이돌아 흐르는 전형적인 사행천이다. 동강은 영월읍에 이르러 서강(西江)과합해지며, 여기서 이윽고 강물은 남한강이란 이름으로 멀리 여주, 서울을거쳐 황해바다까지 흘러간다.

　백운산 산행의 백미는 뱀이 똬리를 튼 것 같이 굽이굽이 돌며 흐르는 동강의 강줄기를 능선을 따라 계속 조망하는 데 있다. 그러나 능선 왼쪽 동강쪽은 급경사의 단애로 군데군데 위험구간이 있고 경사가 가팔라서 산행 내내 조심해야 한다.

　백운산은 오르막길도 빡세지만 내리막길도 까칠하다. 정상에서 칠족령가는 길은 경사가 급한 오르막과 내리막을 반복하여 밧줄 구간이 많다. 오늘은 눈 때문에 길이 미끄러워 산객들 모두 긴장하는 분위기가 역력하다.

　동강이 크게 굽어 도는 나리소가 낭떠러지 아래로 보인다. 조선 후기 경

복궁을 복원할 때 정선 등 강원 남부에서 베어낸 목재를 뗏목으로 엮어 동강 물줄기를 따라 한양 광나루까지 실어 날랐다고 한다.

칠족령이란 이름에는 유래가 있다. 옛날 옻칠을 하던 백운산 뒤 선비 집의 문희라는 개가 발에 옻 칠갑을 하고 도망가서 그 자국을 따라 여기까지 와보니 이곳에서 바라본 풍경이 장관이어서, 옻칠(漆)자와 발족(足)자를 써서 칠족령이라고 불렀다 한다. 이 개 때문에 마을 이름도 문희마을이다.

칠족령 이정표 부근의 노루귀 군락지에서 만난 흰 노루귀는 꽃말이 '인내'인데, 오늘같이 추운 날씨에도 꿋꿋하게 가녀린 자태를 유지하고 있어 꽃말과 딱 어울린다.

칠족령 봉우리에 올라서니 산행 날머리 제장마을과 제장교가 시야에 들어온다. 눈이 그치니 영월과 평창 경계를 이루며 굽이쳐 흐르는 동강 물줄기와 탁 트인 산줄기 경관이 백미다.

제장마을로 하산하여 백운산을 바라보니 좌측 칠족령에서 6번째 봉우리

가 백운산 정상이다. 내려와서 보니 오르내린 산봉우리 위세가 한마디로 장
난 아니다.

영월 신동에서 시작하여 동강을 따라 가수리를 지나 정선까지 이어지는
강변길은 필자가 수십년 동안 가슴에 숨겨두고 몰래 찾았던 비경의 길이었
다. 하지만 이 아름다운 동강의 옛길 주변에 각종 위락 시설과 펜션, 전원주
택지가 나날이 들어서니 가슴이 너무 아프다.

서울로 돌아오는 차 안에서 정선 아라리를 듣는다. 정선은 아리랑의 고장
이다. 특히 정선아리랑은 고단했던 민초들의 삶을 여과 없이 보여 주는 소
리고 노랫말들이다. 그래서 동강할미꽃도 민초들의 꽃이 아닌가 싶다.

오늘도 동강할미꽃은 동강에 흐르는 정선 아라리 자락에 피고 진다.

# 곰배령 겨울 숲은
# 빈 나뭇가지를 훑는 바람 소리뿐

사실 눈이 시리도록 하얀 눈 세상이 보고 싶었다. 눈꽃조차 스러져 헐벗고 적막한 이때, 나무도 잎을 모두 떨구어 허허로운 겨울 숲의 또 다른 매력을 오롯하게 누릴 기회다.

서울 양양 고속도로 개통으로 곰배령 가는 길이 한결 수월해졌다. 서양양 IC로 나와 조침령 터널을 지나 418번 지방도로를 들어서자 눈발이 휘날리기 시작한다. 곰배령으로 들어가는 진동계곡 골짜기는 끝없이 깊고 아침 햇살에 빛나는 설경 때문에 모든 것이 싱그럽다. 그 골짜기 끝에 곰배령 주차장이 있다.

강원도 인제군 점봉산과 가칠봉 사이의 고갯마루인 곰배령은 국내에서 생태 보존이 가장 뛰어난 숲이다. 겨우내 쌓인 눈이 녹는 5월부터 서리가 내리는 9월까지는 온갖 야생화들이 피고 지는 천상의 화원이다. 한겨울에는 탐스러운 눈꽃과 상고대, 빽빽이 들어선 활엽수림에서 펼쳐지는 멋진 설경을 연출한다.

들머리인 진동리는 점봉산에서 단목령, 북암령, 조침령, 구룡령으로 이어지는 백두대간 산자락 밑에 터를 잡은 오지마을이다. 대간을 넘나드는 바람이 거세 비와 안개가 잦고 설피밭이라는 지명이 생길 정도로 눈도 많이 내린다. 곰배령 들머리인 설피 마을은 겨울에 눈이 하도 많이 쌓여 설피(雪皮) 없이는 다닐 수 없다.

코가 뻥 뚫릴 정도로 맑은 공기를 느끼고, 얼음이 녹으면서 흘러가는 계곡 물소리에 잡념을 씻어낸다. 속세의 티끌마저 털어내니 발걸음조차 가볍다. 하얀 눈이 쌓인 산길을 집사람과 도란도란 이야기를 나누며 걷는다. 그동안 마음에 담아두었던 이야기를 하나둘 꺼내다 보니 겨울 산길은 정겨움이 넘쳐난다.

곰배령을 포함한 점봉산 일대는 국내 희귀 동식물이 자라는 식물의 보고로 유명하다. 지난 1982년 설악산이 유네스코 생물권 보전지역에 포함될 때 천연림보호구역으로 지정되어 하루 입장객이 300명으로 제한되고 있다. 그 덕분일까. 곰배령 일대의 숲과 계곡은 청정자연이 숨 쉬는 원시림 그대

로의 모습을 간직하고 있다.

점봉산 곰배령 생태관리센터에 인터넷 예약자를 신분증으로 일일이 확인한 후 출입증을 교부한다. 운 좋게 오늘 입산 허가받은 300인 중 '001'번 명찰을 받는다. 점봉산 일대는 1987년부터 일반인의 출입을 제한하다 22년 만인 2009년 7월에 개방된다.

공원관리소에서 강선마을까지는 널찍하고 유순한 숲길이다. 산책하듯 30분쯤 오르면 산골마을 강선리에 이른다. 이곳부터 본격적인 산행이다. 진동계곡을 끼고 가는 이 길은 고갯마루에 오르기 직전만 가파를 뿐 전체적으로 완만하다. 그저 주위의 설경을 감상하며 산책하듯 오르면 된다.

들머리의 주차장 부근 식당 강아지가 우리와 함께 길을 나선다. 공원관리사무소와 강선마을을 지나 초소까지 동행했는데, 내려올 때 보니 이곳에서 우리 일행이 하산하기를 기다리고 있었다.

원시림 아래의 들꽃과 들풀은 설원에 묻혀있고, 시원한 물줄기를 토해내는 계곡도 동면에 빠져있다. 등로 주위에는 군락을 이룬 산죽이 눈을 뒤집어선 채 산객을 향해 고개를 내밀어 반긴다. 눈길을 걷다가 가끔 미끄러진다. 눈 속에 파묻힌 산죽이 잠시 고개를 내밀고 한마디 건넨다.

"살다가 가끔씩 넘어지는 게 인생이라네."

삶의 문턱에 걸려 넘어질 때마다 넘어진 그 자리에 툭툭 털고 일어나라는 무언의 메시지를 숲에서 듣는다. 쉬엄쉬엄 따라가는 이 눈길이 바로 치유의 길이 아닌가. 흑백의 풍경이 내게 묻는다.

"그대 올라가지 않겠는가? 하늘 향해 열려있는 곰배령에!"

숲에 안기듯 자리한 강선마을은 더없이 고요하고 평화롭다. 포행(布行)에 나선 구도자의 심정이 이와 같을까? 눈의 양이 풍부한 산간 오지 마을은 눈물 나게 희다. 곧게 뻗은 낙엽송과 잣나무도 줄기 가지 할 것 없이 주위가 온통 하얗다.

맑은 잣나무 향내에 마음을 뺏긴다. 상쾌한 초록에서 기운찬 대지의 용트림을 느끼며 곧 시작될 새 생명의 기운을 감지한다.

마을을 벗어나자 먼 곳과 가까운 곳에서 들려오는 산새소리가 겨울 숲의 정적을 가른다. 겨울 숲은 지나간 추억을 쓰다듬어주고 마음의 상처에 진정한 위안의 손길을 내민다. 세상살이 시름을 딛고 다시 저잣거리로 나아갈 수 있는 힘도 안겨준다.

곰배령 가는 길은 들머리에서 2시간 정도면 오를 수 있는 짧고 완만한 길이라 맛밋하다는 볼멘소리를 듣기도 하지만, 이곳은 땀을 흘리며 정상을 향해 올라가는 그런 곳이 아니다. 봄과 여름날에는 작은 꽃 하나하나를 관찰하며 걷다 보면 시나브로 '신(神)이 키우는 정원'에 닿게 되는 그런 곳이다.

산간 오지에 있는 이런 호젓한 숲길이 얼마나 사람들의 가슴 속을 아릿하게 만드는지는 걸어본 사람만이 알 수 있다.

벌거벗은 나뭇가지가 보드라운 질감으로 산의 두께를 느끼게 하고, 산길의 파란 산죽들이 눈 속에서 싱싱함을 보여 줄 때, 나는 비로소 살아있음을 자각한다.

숲은 여전히 하늘을 가리고 있다. 강선마을을 지나면 임도가 끝나고 좁은 등산로가 이어진다. 발밑에서 뽀득거리던 임도의 눈길과 달리 이제 발목까지 빠진다. 여기서부터는 눈밭을 헤치고 걸어야 하는 행복한 수고를 감수해야 한다.

숲이 끝나는 곳에 파란 하늘이 열린다. 그 하늘 아래가 바로 곰배령이다. 곰이 배를 하늘을 향해 드러내놓고 누워있는 모양에서 이름 붙여진 곰배령(1,164m)은 점봉산(1,427m)과 가칠봉 사이의 고갯마루다. 곰배령은 봄과 여름에는 초록색 풀과 야생화가 지천으로 펴 '천상의 화원'이라 불린다. 하지만 겨울에는 넓게 펼쳐진 소박한 설원의 멋이 곰배령만의 매력이다.

곰배령은 겨울이 진짜다. 깊고 외로워서 더 눈물 나게 아름답다.

곰배령 옆으로 작은 점봉산이 어머니 젖가슴처럼 누워있고 점봉산으로 이어지는 유순한 능선이 이어진다.

점봉산 정상에서 남쪽으로 2.5㎞쯤 떨어진 곰배령은 오래전에 인위적으로 형성된 초원이다. 고갯마루에 깔아 놓은 나무데크를 따라가면 헬기장이 나오고 산림대장군·산림여장군 앞에서 길은 끊긴다.

　곰배령에서 설악산 쪽으로 고개를 돌리니 구름 너머로 대청, 중청, 끝청이 모습을 드러낸다. 보너스로 얻은 설악의 웅장함과 아름다움을 가슴에 담는다. 점봉산 반대편에 우뚝 솟은 호랑이코빼기(1,105m)와 가칠봉(1,240m)이 손에 잡힐 듯 가깝게 다가온다.

　곰배령의 평원이 온통 들꽃으로 치장하는 때는 8월부터다. 8월의 곰배령 주인은 녹음으로 짙푸른 들꽃이다. 산바람 사이로 끼어든 꽃향기가 싱그럽고, 푸른 산색에 기죽지 않는 야생화들의 자태가 당당하고 탐스럽다. 기린초, 꿀풀, 당귀, 동자꽃, 둥근이질풀, 범꼬리, 붓꽃, 애기앉은부채, 하늘나리....

　이름만 들어도 정겨운 들꽃들이 '천상의 화원'을 이루는 곰배령의 꽃 잔치는 가을까지 이어진다. 이 들꽃의 향연에 다시 초대받아 어지러운 꽃밭에서 노닐고 싶은 생각이 벌써 간절하다.

　산 너울이 끝없이 넘실거린다. 그 겹겹의 능선이 살아 움직인다.

　평원에는 키 작은 나무와 풀들이 거센 바람에 울고 있다. 차가운 겨울바람이 얼굴에 닿으면 살을 에는 통증이 뒤따른다. 버텨보지만 매서운 삭풍은 능선에 선 산객을 결국 아래로 밀어낸다.

　하산 길은 한결 수월하다. 오를 때 보지 못했던 숲과 계곡의 아름다운 설경을 즐기며 천천히 내려서면 된다. 완만한 구릉에는 온통 눈꽃이 만발해 장관이다. 낙엽 떨군 가지들은 하얗게 짧은 머리털을 이고 있다. 겨울 산은 속살을 그대로 보여준다. 가식과 숨김이 없다.


　겨울의 한복판에서 이제 봄을 기다린다.

온몸으로 견뎌낸 동토도, 땅속 어둠도 다 잊고
처음부터 다시 시작하는 봄 생명들의
순정한 합창은 부활의 송가가 아니던가.
여리고 순한 것들이 온전히 피어나는 세상이 어찌 아름답지 않겠는가.

어떤가? 당신도 봄을 기다리고 있는가?

# 보고도 못 보는 느낌의 산,
## 월출산

어제가 입춘(立春)이다. 이미 들어선 봄을 읽는다.

봄날같이 포근한 겨울날 새벽, 그 유명한 월출산 천황봉의 보름달은 수줍음 타는 영암 새색시인양 몸을 감춘다. 그 바람에 월출산국립공원 주차장

은 숱한 잔별들이 밤하늘을 수놓고, 주변은 칠흑 같은 어둠에 잠긴 지 이미 오래다.

헤드 랜턴에 불 밝히고 공원 주차장의 차가운 새벽 공기를 가로질러 산행을 시작한다. 어둠의 심연에 잠긴 천황사를 지나 사위를 전혀 인지하지 못하고 바람골을 따라 40여 분 걷다 보니 짙은 어둠을 헤치고 동녘 하늘에서 조금씩 하늘이 열리기 시작한다.

서서히 다가오는 새벽하늘 아래로 폭 1m, 52m 길이의 구름다리가 120m 높이의 창공을 가르며 우리 눈앞에 위용을 드러낸다. 이 다리가 시루봉과 매봉을 잇는 가교다. 까마득하게 내려다보이는 구름다리 아래로 바람폭포 가는 철제 계단이 어슴푸레 모습을 드러낸다. 구름다리 앞 장군봉 너머로 무등산을 넘어온 부드러운 연봉들이 끊어질 듯 이어지다가 바다가 가로막자 용틀임하며 영암 들판에 마지막 비경을 만들어 놓는다.

구름다리를 건너면 좌로 매봉, 우로 사자봉이 거대한 슬랩으로 우리 앞을 가로막는다. 매봉과 사자봉 사이 계곡으로 한참을 하산했다가 다시 열심히 치고 올라야 천황봉으로 이어지는 능선에 설 수 있다. 아래로 내려갔다가 다시 급경사의 오르막을 오르는 사이에 동이 트기 시작한다. 월출산에 와서 월출을 봐야 하는데 장엄한 일출이라니. 어둠이 물러가고 햇살이 사위를 밝힌다. 흑과 백이 같은 공간에 공존하는 이 순간은 너무 아름답고 신비스럽다.

마루금에 올라서니 좌측에서 올라오는 땅끝기맥과 만난다. 월출산 바위는 모두 맥반석이다. 수고하며 땀 흘리는 산행객에게 그 좋은 기운을 듬뿍 나눠준다. 한갓 바위조차도 베풂에 익숙한 남도 인심을 닮았나 보다.

실낱같이 가느다란 계곡은 경포대 삼거리를 지나며 넓어진다. 이어 경포대(鏡布臺)는 월출산 남쪽 계곡에 크고 작은 기암괴석이 맑은 물속에 잠겨 있고, 동백 숲, 비자나무, 소나무, 단풍 이파리들이 함께 어울려 절경을 연출하는 명승지다.

천황봉 정상에 오르기 위해 통과 의례로 반드시 거쳐야 하는 통천문은 사람 하나 겨우 빠져나갈 수 있다. 통천문을 지나자 월출산 최고봉인 천황봉(809m)이 나타난다. 300명이 동시에 앉을 수 있을 만큼 크고 평평한 바위로 이루어진 천황봉 정상은 밖에서 보는 월출산 모습과는 사뭇 대조적인 이미지이다. 그래서 뾰족함과 평평함, 음과 양 양면을 다 지닌 월출산은 부조화마저 오묘하게 조화를 이룬다. 멀리서 보면 악산 같고 가까이서 보거나 품 안에 들어서면 어머니처럼 정 깊은 산이다.

정상에 서면 북쪽으로 무등산과 지리산이, 남쪽으로 고개를 돌리면 강진, 해남을 넘어 남해바다가 보인다. 호남정맥에서 분기되는 월출산 천황봉을 정점으로 동남쪽으로 기맥을 형성하고 있는데, 두륜산과 달마산을 거쳐 해남 땅끝마을로 이어진다.

천황봉은 항상 안개 속에 가려 신비스러움을 간직해야 제맛인데 오늘만큼은 희디흰 자기 속살을 다 드러내고 있다. 윤선도가 '월출산 높더니만 미운 것이 안개로다'라고 읊었는데, 오늘은 윤선도 시조가 통하지 않는 날이다.

월출산(月出山)은 '신비스러운 바윗덩어리'이니 이 고을 지명인 영암(靈巖)은 바로 이 산으로부터 나온 이름이다. 끝도 없는 남도의 허허벌판은 평화롭기 그지없다. 한반도의 끝, 월출산 밑자락의 남도 사람들이 굴뚝 사이로 아침밥 짓는 연기를 피워 올리는 모습이 정겹다. 보름달을 닮은 사람들이어서 더욱 살갑다.

월출산 아랫마을들은 동네 이름조차 천년의 세월을 버리지 못했다. 월곡리, 월남리, 월하리, 월봉리… 수백 수천 년을 흙 내음 속에 살다간 민초와 도공들의 체취가 오롯이 살아있는 그네들이 마을 이름 첫머리에 달의 이름을 빌린 것은 차라리 필연일지도 모른다.

발아래 먼 산 찾아서 - #겨울 산

　월출산은 계절에 따라, 시각에 따라, 그리고 보는 방향에 따라 각양각색이라고 하지만, 바람과 안개가 만나 시시각각 빚어내는 풍광이 가장 매력적인 산이다.

　천황봉을 내려서면 구정봉과 향로봉으로 향하는 실뱀 같은 등로가 기다린다. 천황봉 정상에서 흘러내리는 바위 능선들이 한 폭의 그림이다. 바위에 걸린 소나무는 어떻게 저런 곳에서 자라고 있는지 신기하기만 하다. '월출산 천황봉에 둥근 달이 뜬다.' 노랫가락을 흥얼거리며 한참을 내려와서, 조금 전에 올랐던 천황봉을 뒤돌아본다.

　언제 '달뜨는 밤'에 월출산을 다시 찾아와 어느 시인의 시구처럼 이 산을 노래하고 싶다.


　둥근 달이 뜨는 밤
　온몸을 드러내고
　너는 환한 웃음으로

사랑의 밀회를 즐긴다.

　산 위에서 보는 월출산은 온통 바위로 이루어진 하나의 완벽한 예술품이
다. 어느 조각가가 감히 이토록 아름다운 조각품을 만들 것이며, 어느 위대
한 화가가 이렇듯 아름다운 명화를 그릴 것인가? 수많은 봉우리들이 기치
창검을 두른 듯 높이 솟아있고, 갖가지 기암괴석은 자연의 오묘한 조화 속
에 그 위용을 서로 시샘하듯 자랑하고 있다. 우람하게 잘생긴 남근바위는
건너편의 베틀굴과 환상의 콤비를 이룬다.
　호남의 소금강산, 월출산의 절경은 안개와 바람의 합작품이다. 안개가 바람을 타고 회오리치며 흘러가는 틈새로 하늘을 뚫고 우뚝 솟은 암봉들이 잠깐잠깐 신비한 모습을 보여준다. 월출산 바위들은 활활 타오르는 불꽃 같기도 하고 송곳처럼 날카롭기도 해 위압감을 느끼게 하지만, 자세히 들여다보면 모나지 않은 바위들이 차곡차곡 쌓여 기기묘묘한 형상을 만들고 있을 뿐이다.

산죽이 펼쳐진 평원 왼쪽은 향로봉, 오른쪽은 구정봉이 자리하고 있다. 바람재를 지나 먼저 구정봉으로 오른다. 구정봉은 사람 얼굴 형상을 한 영암판 큰 바위 얼굴이다. 봉우리 아래에 있는 베틀굴을 지나야 구정봉에 오를 수 있다. 임진왜란 때 이 고을 아낙들이 숨어 베를 짰다는 베틀굴. 흡사 여성의 성기를 닮았다고 호사가들 입에 자주 오르내린다.

구정봉(九井峰) 정상에는 오랜 세월의 풍화작용으로 만들어진 풍화혈(風化穴), 아홉 개의 작은 우물들이 있다. 뾰족한 봉우리의 연속이 마치 도봉산의 만장봉, 자운봉 줄기 같다는 인상을 받곤 하는데 그 옛날 다산 정약용이 강진 땅으로 유배 가던 길에 여기를 지나며 쓴 시가 바로 이러하다.

누리령 산봉우리는 바위가 우뚝우뚝
나그네 뿌린 눈물로 언제나 젖어있네
월남리로 고개 돌려 월출산을 보지 말게
봉우리 봉우리마다 어쩌면 그리도 도봉산 같아

구정봉 뒤로 천황봉이 보인다. 이곳 산세가 마치 도봉산과 흡사하다. 구정봉에서 보면 영암 읍내가 보이고, 남쪽으로는 향로봉이 손에 잡힐 듯 가까이 있으며, 땅끝기맥은 해남 땅끝마을까지 이어진다.

월출산은 향로봉까지가 남성미를 뽐내는 험준한 바윗길이라면 미왕재에서 도갑사에 이르는 내리막길은 어머니의 품같이 포근한 흙길이다. 계곡을

따라 동백나무 꽃잎을 밟으며 하산하는 꽃길이 그렇게 정겹고 아름다울 수가 없다.

겨울이지만 산색은 만화방창(萬化方暢) 봄날처럼 푸르다. 낙엽수들은 나목으로 서 있지만, 동백, 굴거리 등 상록수들이 산자락을 푸른 보자기처럼 덮고 있다.

구정봉에서 억새밭이 있는 미왕재로 가는 길에 도갑사가 어렴풋이 보인다. 바람에 흩날리는 미왕재의 은빛 억새 물결이 아름답다.

날머리의 도갑사(道岬寺)는 월출산 남쪽의 도갑산 자락에 자리 잡은 우리나라 문수신앙의 발상지로, 통일신라 말에 도선국사가 세운 절이다.

영암은 백제의 왕인 박사와 신라말 도선국사, 그리고 바로 옆 강진은 근래에 시인 김영량을 배출시킨 곳이기도 하다.

사찰 입구에는 도갑사를 일으킨 도선(道詵)과 중창한 수미(守眉)선사 두

분의 공적을 새긴 높이 4.8m의 거대한 비석이 돌거북 위에 서 있다. 도갑사의 정취는 아침나절 산안개가 걷힐 때 가장 아름답다. 몇 해 전까지만 하더라도 도갑사 경내로 들어서면 한적하고 소담스러운 분위기가 운치가 있었는데 요즘에는 조용한 산사들이 너나없이 장대하게 보이려고 허장성세의 불사가 유행하니 한편으로 허전하고 서글픈 마음이다.

암자의 가난하고 시린 풍경은 그리운 옛 애인 만나듯 가슴 설레게 만들기 때문이다. 월출산은 묘하게도 뒤를 돌아보게 만드는 산이다. 한 걸음 후에 뒤돌아본 모습과 두 걸음 지나 뒤돌아보는 풍경이 사뭇 다른 감흥으로 다가온다. 지나온 길이지만 미답(未踏)의 공간처럼 느껴지고, 그 속에서 상상의 여백을 넓혀주는 산이다.

그래서 산행 내내 눈과 귀와 마음을 열어놓지 않으면 보고도 못 보는 '느낌의 산'이다.

# 겨울 산사 가는 길

영국 역사가인 토마스 칼라일은 '자연은 신이 갈아입는 옷'이라고 말한다.

산사(山寺)가는 길은 겨울을 입고 있다. 산사 가는 길에서 만나는 자연은 우리에게 큰 가르침을 들려주는 크나큰 스승이다. 특히 겨울 산사 가는 길은 자신이 매 순간 살아있음을 오롯이 느끼며 자각할 수 있는 도(道)의 길이기도 하다.

고요한 침묵 속에 고즈넉이 앉아 있는 절은 한 권의 시집이다. 절에는 시가 있다. 시(詩)란 말씀 언(言)자와 절 사(寺)가 결합한 단어다. 절에서 수행하는 구도자의 탈속한 언어는 바로 시가 된다.

그래서 산사 가는 길은 한 편의 시 같은 서정(抒情) 넘치는 길이다.

의정부 망월사역에서 내려 도봉산을 오른다. 오늘 찾는 망월사는 도봉산 포대능선 바로 아래에 있다. 안온한 겨울 햇살에 몸을 맡긴 산자락은 산사 찾는 이의 발걸음을 가볍게 한다.

망월사와 원통사가 분기되는 원도봉 계곡에 들어서자 망월사로 오르는 골짜기는 깊고 어둑하다. 빛깔도, 움직임도, 소리도 모두 지운 채 적멸처럼 잠잠하다. 계곡의 물길은 꽁꽁 언 얼음장으로 변한 채 흐르는 소리조차 기

척을 하지 않는다.

집채만한 바위들이 온통 계곡을 메우고 있다. 눈 덮인 바위들 사이로 얼어붙은 얼음장 아래에서 들려오는 여린 물소리가 겨울 산의 적막을 깨우려 하지만 역부족이다.

나무 그림자 내린 산길은 맑은 한지처럼 순수하다. 산길이 해맑아 온몸으로 산과 섞인다. 여기에는 그 어떤 욕심도, 고뇌도, 번뇌도 없다. 그저 그 자체로 무구하고 아름답다.

고요한 겨울 산골짜기는 이미 법당인가. 세속에서 담아온 번뇌가 애틋해진다. 골바람이 달려와 숲을 흔드니 바람이 지나간 자리에는 세월에서 묵은 때, 저자에서 얻은 먼지만 남는다.

산길은 굽이치거나 일어나서 번번이 깔딱고개다. 그동안 발길 닿는 대로 걸어간 마음의 술렁거림이 보인다. 나그네를 따라오던 여린 물소리가 점점 멀어지더니 마침내 숲의 적막 속으로 사라진다.

바로 앞에 법복 차림의 노보살 두 분이 오순도순 말을 주고받으며 산길을 오르고 있다. 평탄치 않은 산길을 걸머메고 둘러메고 꾸부렁꾸부렁 산사를 찾아가는 노보살님들을 보면 불자들의 진지함이 뚝뚝 묻어난다.

문득 30년 전에 작고하신 어머니가 생각난다. 마산 무학산 자락 서원곡 암자를 수십 년 동안 오르내리시면서 간절한 기도와 믿음으로 힘들고 버거운 세월의 바다를 건너신 어머니. 당신께서는 딸을 내리 넷을 낳는 바람에 평생 아들을 서원(誓願)하셨는데, 당시에는 노산인 서른여덟에 그 잘난(?) 아들을 낳게 된다.

어머니가 그러했듯이 오늘은 그 아들이 비워진 마음에 믿음을 채우기 위해 산사 가는 길을 걷고 있다.

민초샘에 도착하자 잠든 영혼을 깨우고 지친 마음에 쉼표를 그려주는 산사의 은은한 종소리가 들려온다. 마지막 오르막을 치고 오르니 계곡 끝나는 곳에 하늘을 가린 나무들의 차양이 물러나며 동트듯 산기슭이 훤해지는데, 거기 청명한 둔덕에 절이 있다. 달리 보면 고개를 약간 쳐들고 달을 바라보는 자세이기도 하다.

신라 선덕여왕 때 해호(海浩)화상이 창건한 망월사(望月寺)의 이름에는 두 가지 설이 있다. 하나는 신라의 수도였던 경주(월성月城)를 바라보며 (望) 왕실의 융성을 기원한 것에서 비롯되었다는 설과, 다른 하나는 대웅전 동쪽에 있는 토끼 모양의 바위가 남쪽에 있는 달 모양의 월봉(月峰)을 바라보는 모습을 하고 있다는 데서 유래되었다고 한다.

잔설로 치장한 망월사는 찬바람 속에서도 암자의 뜰에 하오의 햇살이 나뒹군다. 금싸라기처럼 눈부시게 차가운 늦겨울 산사에 온기가 배어든다.

　망월사는 여섯 개의 좁은 문으로 바깥에서 안으로 연결되어 있다. 해탈
문, 통천문, 자비문, 여여문, 월조문, 금강문은 모두 겨우 사람 하나 지나갈
정도로 좁고 높이도 낮다. 해탈하려면 하심(下心)을 품어야 한다는 뜻이 아
닌가.

　스님은 참선에 들었는가. 텅 빈 듯 고요한 산사의 하오가 미묘하다. 도봉
산 너른 품 가슴께에 살포시 안긴 암자의 기운이 싱싱하고 다사롭다. 서슬
퍼런 한풍(寒風)도 이곳에서는 순해진다. 절을 하고 가슴을 쓸어내리고, 그
래서 마음을 내려놓을 수 있는 절집이 산에 있음은 얼마나 적실한가.

　바람처럼 자유롭게 드나드는 곳이 절이다. 드센 찬바람에 영산전의 문풍
지가 소리 내어 울고 있다.

　영산전에서 바라보는 풍경은 가히 일품이다. 이곳에서 뜨는 달을 망월사

를 지은 해호가 보았고, 신라의 마지막 태자가 보았고, 부도탑을 남긴 혜거가 보았고, 만해의 제자 춘성이 보았으리라.

전각조차 마음을 비운 듯 허허한 모습으로 서 있다. 마음이 번거로우면 세상이 번거롭고, 마음이 밝으면 세상이 밝다. 가는 눈발에 꽃비처럼 너울너울 흩어져 내리는 눈은 절집 마당에 떨어지고, 법당 지붕에 앉고, 바위에도 쌓인다. 지극한 정교함과 절묘한 여백의 미가 완연한 바위 벼랑들이 눈과 한파 속에서 어엿하게 절집을 수호하고 있다. 그 속에서 절집은 조용하면서도 강인한 내공으로 한겨울을 견딘다.

저마다 견뎌온 세월의 겹이 두터우니 그 안에 담긴 사연은 또 얼마나 홍건하랴.

영산전 뒤쪽으로 내려가면 고려 혜거(慧炬)국사의 부도가 있다. 양지바른 이곳은 언제나 어머니 품처럼 따사롭고 포근하다.

사찰 입구에는 '아니 듯 다녀가소서' 간판이 서 있다. 누구나 와서 보되 흔적을 남기지 말고 그 안의 세상을 방해하지 말고 조용히 다녀가라는 메시지다. 나그네에게는 부귀와 탐욕으로 눈이 어두워져 진정으로 보고 느껴야 할 것을 놓치고 있지 않은지 경종을 울리는 말로 들린다.

인생(人生)이란 바로 이 세상에 잠시 머물렀다 가는 한 조각의 구름이 아닌가. 일순간 있는 것처럼 보이지만 일순간 사라져버리는 것들. 고정된 실체가 없이 찰나생멸(刹那生滅)하는 이 세상에서 단지 인연 따라 왔다가 인연 따라갈 뿐.

공수래 공수거(空手來 空手去). 그렇게 잡으려 하는 것들에서 괴로움은 시작되고, 붙잡고자 했던 것을 놓음으로써 행복이 얻어진다고 했는데 행동이 잘 따라주지 않으니 그저 안타까울 뿐이다.

암자 빈 뜰에 사뿐히 눈 내리니 눌린 생각들, 감긴 꿈들이 슬금슬금 풀린다. 한 올 바람처럼 머리가 가벼워진다. 적멸이란 모든 번뇌의 불이 꺼진 곳. 그렇다면 여기서 적멸이 멀지 않은 것인가.

'뒤돌아보면 티끌 번뇌 흩어지고 문 안에 드니 맑은 생각 피어나네'

산을 내려오자니 저 아래 사바(娑婆) 세상이 아득하다. 갈 길은 멀고 산색은 이미 검다.

산사 내려오는 길에서 자연의 이치에 순응하며 살겠노라고 자연에게 경건한 예를 올린다.


지심귀명례 (至心歸命禮)

# 계절의 서정시가 들려주는
## 계방산 겨울 이야기

   한겨울의 새벽을 열고 눈꽃 산행지로 유명한 홍천의 계방산을 향해 출발한다. 영동고속도로 문막휴게소에서 식사를 마치고 치악산 쪽을 바라보니 산군은 운무에 가려 속살을 보여 주지 않는다.

   속사에서 고속도로를 빠져나와 홍천으로 이어지는 31번 2차선 좁은 국도 주변에는 아직 녹지 않은 눈이 그대로 쌓여있다. 버스는 이승복기념관에 시작되는 운두령 고갯길을 꼬리로 하얀 입김을 내뿜으며 꼬불꼬불 산길을 따라 오른다.

> 뒤척임 없이 구름머리 베고 자는 운두령 고개
> 겹겹이 끼고 누운 검은 산들의 동면 꿈길
> 헤집고 오르노라니 찬 겨울 하얀 입김 숨이 가쁘다

— 이성교, '운두령을 넘으며' 중에서

   드디어 산행 들머리인 해발 1,089m의 운두령(雲頭嶺)에 도착하니 시인

의 시구처럼 '운두령 고개는 큰 숨을 쉬며 웅크린 가슴으로 자고 있었다.'

버스는 긴 숨 토하듯 산객들을 운두령에 내려놓는다. 홍천 쪽에서 불어
오는 매서운 칼바람은 잠시 후에 경험할 설원의 장쾌함과 눈꽃 산행에 대한
기대에 부풀어있는 산객들을 한순간에 얼어붙게 만든다. 이리저리 운두령
에 흩날리는 눈보라에 호된 신고식을 끝내고서야 설국으로 향하는 계단을
올라간다.

고갯길에 있는 목재 계단을 따라 능선에 올라서니 사위를 가린 잿빛 구름
속에서 산객은 적막한 숨결을 토해내고, 외진 능선 길에는 귓가에 머무는
낭랑한 바람 소리만 울고 있다. 이따금 겨울 햇살이 잿빛 구름을 뚫고 간간
이 비춘다. 그럴 때마다 앙상하게 드러난 물푸레나무의 하얀 가지가 눈부

시다. 파란 도화지에 하얀 펜으로 그려낸 풍경화를 보는 듯 순백의 눈꽃이 절경을 이룬다.

지나가는 등로 옆 넓은 공터에 텐트 두 동이 쳐져 있다. 계방산은 대학 산악부 동계 비박지로 유명하다. 오늘같이 체감 온도는 영하 30도, 텐트를 날려 버릴 만큼 위세가 당당한 강풍에도 개의치 않고 비박 중인 젊은 알파인들에게 세종 때 김종서 장군이 쓴 시조를 두 단어만 수정해서 그 기개를 칭송한다.

삭풍은 나무 끝에 불고
밝은 달은 눈 속에 묻혀 보이지 아니한데,
계방산 능선에 스틱 한 자루 짚고 서서
긴 휘파람 큰 한 소리에 거칠 것이 없구나.

자연의 위세에 굴하지 않고 떳떳하게 맞서는 청춘들 모습에 박수를 보내며 산오름을 계속한다.

길가의 수목들이 이국적인 풍경을 드러내기 시작한다. 수북하게 쌓인 눈의 무게를 지탱하기 버거워 축축 늘어뜨린 솔가지며 서리꽃 만발한 활엽수의 나목이 잠자던 감성을 일깨운다. 눈가루의 위세에 눌려 푸른빛을 찾아볼 수 없는 산죽도 깊은 잠에 빠져있다. 바싹 마른 채로 나뭇가지에 달린 단풍잎 역시 눈 무게를 감당하느라 힘들어한다.

겨울산은 황홀하다. 탁 트인 시야의 환상적인 설경 아래 겨울의 낭만과 아름다운 추억을 만들 수 있는 곳이다. 역시 겨울 산행의 백미는 눈 내린 산을 가로지르며 짜릿한 비경을 즐기는 데 있다. 하얀 눈길 따라 눈길이 따라가니 계방산 정상이 보인다.

1,492m의 전망대에 이르자 첩첩이 펼쳐지는 겨울 산그리메가 장쾌한 풍

광을 연출한다. 북쪽으로 설악산, 점봉산, 동쪽으로 오대산 노인봉과 대관령, 서쪽으로 회기산과 태기산 등 백두대간의 등줄기가 파노라마처럼 펼쳐진다.

가칠봉에서 설악을 거쳐 오대에 이르는 거대한 산군은 은세계를 이루며 잠들어있고, 그 위로 눈이 시리도록 푸른 하늘이 펼쳐진다. 그러나 조망의 기쁨도 잠시, 매서운 바람의 기세에 벗어놓았던 두건으로 얼굴을 감싼다. 머리카락은 땀방울이 얼어붙으면서 생긴 고드름으로 버석거린다. 잠시도 지체할 겨를이 없이 정상으로 발걸음을 재촉한다.

매서운 삭풍에도 흔들림 없이 전망대에서 20여 분 만에 산정에 도착한다. 강원도 평창군 진부면과 홍천군 내면의 경계를 이루는 계방산은 주변의 황병산, 오대산, 방태산 등 여러 고봉과 함께 태백산맥을 이루고 있는 산이다.

계방산은 남한에서 한라산, 지리산, 설악산, 덕유산에 이어 남녘땅에서 5번째로 높지만, 해발 천 미터가 넘는 운두령에서 출발하기 때문에 생각보다 편하고 쉽게 정상에 오를 수 있다.

정상에 서니 일망무제의 주위 경관에 절로 탄성이 터져 나온다. 예상 밖으로 날씨가 포근하고 바람마저 잔잔하여 사위를 조망하기에 너무 좋다. 정상의 남서쪽으로는 우리가 지나온 운두령과 그 너머 태기산 산군이 시야에 와 닿는다.

동쪽으로 시야를 돌리면 능경봉, 대관령, 선자령으로 이어지는 백두대간 분수령과 그 너머로 푸른 동해가 연이어 펼쳐지고, 하얀 눈으로 덮인 오대산 산줄기들이 발아래로 자리하고 있는 모습이 장관이다.

저 멀리 동남쪽으로 용평스키장 슬로프가 있는 발왕산이 보이고 발아래로는 오대산 산군들이 고산준령으로 뻗어가면서 장쾌함과 웅장함을 자랑하고 있다.

정상에서 나무 계단을 내려서면 1,276봉을 거쳐 아래 삼거리로 바로 내

려가는 급경사의 등로가 이어진다. 우리는 동쪽 능선으로 하산 방향을 잡
는다.

동쪽 능선을 따라 급경사의 내리막길로 접어드니 금방 주목 삼거리에 도
착한다. 능선의 등로는 습한 바람이 나뭇가지에 부딪히며 만들어낸 갖가지
모양의 눈꽃으로 터널을 이룬다. 한겨울에도 푸른 기운을 잃지 않아 동청
(冬靑)이라 불리는 겨우살이는 하얀 솜이불을 뒤집어쓴 채 일찌감치 동안
거(冬安居)에 들어가 있다.

급경사지만 감촉 좋은 눈길을 따라 한참을 내려서니 작은 계곡이 나온다.
하산 길 산객들이 수선거리는 말소리도 차가운 칼바람에 얼어붙고, 계곡의
청아한 물소리도 얼음 아래로 스며들어 산골짜기는 고요한 고독의 심연에
빠져있다.

한여름에 더위에 지친 사람들에게 피안의 쉼터가 되었던 노동계곡 골짜

# 계방산 정상에서 바라본 경관

기는 이제 무거운 짐을 내려놓고 깊은 동면에 빠져있다.

산속은 으레 서글프다. 늦은 저녁 하산 길의 등산화 위로 하얀 서리가 내린다. 산자락은 고요하게 누워있고, 그 품 안으로 가랑잎이 바람 소리 따라 서걱거린다. 산줄기에서 배어 나오는 외로움과 쓸쓸함은 바람에 떠밀려 계곡 속으로 묻혀 버린다. 야영장 공터에는 복원된 이승복 어린이 귀틀집 생가가 외로이 서 있다.

야영장에서 아랫 삼거리로 내려가는 길가 시골집의 처마에는 주렁주렁 고드름이 달려있고, 굴뚝에서는 몽실몽실 저녁연기가 피어오른다. 해 질 녘 산촌 풍경은 유년의 추억을 떠올리게 한다. 어느덧 어스름 내리는 길섶으로 산행 날머리인 삼거리 주차장이 보인다.

아랫 삼거리의 식당에서 버섯전골, 더덕구이, 산나물로 차려진 풍성한 산채 정식을 즐기고 마당으로 나오니 오대산을 휘감는 구름 사이로 노란 얼굴의 달이 뽀얀 몸짓으로 고즈넉한 산정에 어둠의 빛을 뿌리며 내려앉는다.

오늘은 계절의 서정시가 들려주는 계방산 겨울 이야기에 흠뻑 취한 하루였다.

# 神이 빚은 설국에 혼저옵서예

한라산을 오를 때마다 항상 가슴 설렌다. 특히 겨울 한라를 오를 때는 설렘이 두 배다. 며칠간 내린 폭설로 한라산 오르는 모든 도로가 결빙되어 입산이 통제되었다가 오늘 아침에서야 풀린다. 오늘은 돈내코를 출발하여 한라산 남벽과 서북벽을 거쳐 윗세오름을 지나 영실로 하산한다. 정상인 백록담은 오르지 못하지만, 한라산 최고의 눈꽃 산행 코스다.

남벽에서 바라본 한라산 정상은 마치 사발을 엎어 놓은 것과 같은 모습이다. 그래서 한라산의 다른 이름이 봉우리가 없다 해서 두무악(頭無岳), 정상이 둥글다고 해서 원산(圓山)이라 한다.

15년간의 긴 휴식년을 끝내고 2009년 재개방된 돈내코 탐방로는 한라산 100만 명 탐방객 시대에 포화상태에 있는 탐방객의 분산효과를 갖고, 탐방로마다 다양한 특색이 있는 한라산을 보여주는 효과도 있다.

돈내코 탐방로는 친환경적인 탐방로다. 다른 탐방로보다 오르고 내리기가 상대적으로 편하다. 봄에는 참나무 꽃과 살채기도에 소나무숲이 반기고 평궤 대피소부터는 한라산 남벽의 수려한 경관을 탐방 내내 감상할 수 있으며, 최고의 철쭉 군락지와 넓은 고산지대의 희귀한 식물들, 웅장한 백록담 화구

벽과 평궤에서 바라보는 서귀포 시내와 남태평양의 조망은 막힌 가슴을 탁 트이게 한다. 한라산의 진면목을 보여주는 최고의 탐방로라 할 수 있다.

한라에서는 겨울의 굴거리나무가 여름보다 훨씬 더 싱그러운 초록을 띠는 듯하다. 겨울이 되면 키 높은 나무들의 이파리가 떨구어지니 햇살을 잘 받아 겨우내 광합성을 열심히 하여 그 싱그러움이 더욱 유지된다. 그 사이로 내려앉는 햇살은 수정처럼 파랗게 투명하다. 햇살의 보시. 이게 바로 무상의 보시가 아닌가.

등산로를 걷다 보면 눈에 파묻혀 힘겨워하는 무성한 조릿대가 가엽다. 그래서인지 바람에 댓잎 부딪치는 소리가 아름다우면서도 가슴 저미는 선율로 다가온다. 숨찬 고개를 뒤로 꺾어 걸어온 길을 내려다보면 거기에 시바는 없고 항상 새벽같이 깨어있는 백색 숲의 이랑만 가득하다.

평궤 대피소 인근에 이르면 비로소 밀림 속에 가렸던 하늘이 열리고 사방 천지 시야가 트이면서 남태평양과 서귀포 쪽이 시원스레 조망되고 고개를 돌리면 바로 한라산 정상이 올려다보인다. 참호처럼 만들어진 평궤 대피소는 굴처럼 생긴 독특한 건축물이다. 원래 '궤'라는 것이 바위와 절벽으로 이루어진 푹 파인 굴이라는 뜻이다.

작가 오희삼은 〈한라산 편지〉에서 '백두산이 북녘땅 만주벌판에서 불어오는 바람을 막아내는 곳이라면, 한라산은 망망대해 태평양에서 불어오는 태풍을 온몸으로 껴안는 우리 국토의 파수꾼인 셈이다.'라고 두 산을 명료하게 정의 내린다.

남벽이 그 장엄한 모습으로 우리 일행에게 서서히 다가오자 소리 없는 장중한 음악이 온 설원을 뒤흔든다. 걸음을 멈추고 숨소리까지 줄여가며 황홀하게 그 모습을 바라본다. 세월에서 묵은 때, 저자에서 얻은 먼지를 여기에서 털어내며 설경의 운치를 훔친다. 남벽 통제소 위로 두꺼운 운무가 사라지고 갑자기 하늘이 맑아지면서 산사면이 밝은 광채를 내기 시작한다. 남벽 통제소를 지나자 넓디넓은 방아오름 평원 위에 바람이 그려낸 사구처럼 생긴 눈 언덕이 펼쳐진다. 한라산에서는 바람이 기묘한 절경을 연출한다.

윗세오름 주변의 1600~1700m 고도에서 구름을 거두어 맑은 하늘을 준 것이 마치 우리의 간절한 바람을 들어준 한라산의 신령하심으로 느껴진다. 산과 나무와 풀과 숲과 자연 속의 생명을 사랑하는 우리의 작은 정성을 갸륵하게 여겨주신 듯하다.

방아오름샘에 고인 맑은 약수를 한 모금 삼키니 폐부까지 얼얼해진다. 약수 한 잔에 오롯이 살아있음을 자각한다. 방아오름샘을 지나니 기차터널처럼 긴 눈 터널이 우리 일행을 기다린다. 눈꽃을 피운 나뭇가지는 흰빛조차 무거운가. 휘어져 눈 터널이 되었다.

남벽을 지나 서북벽을 향하면서 등로 왼쪽으로 하얀 산호초로 뒤덮인 오름이 나타난다. 한라산에서 만난 자연은 한마디로 신들의 정원이다. 말없이 큰 가르침을 들려주는 자연은 또 하나의 크나큰 스승이다. 어디를 향해 가는지도 모른 채 앞만 보고 숨 가쁘게 달려가는 사람들에게 자연은 경전이자 성경이다.

통제소 뒤로 거대한 서북벽이 가로막고 있다. 여기서 윗세오름으로 내려서는 등로는 거의 절벽 수준으로 가파르다.

어떤 작가는 제주도와 한라산은 하나라고 말한다. 한라산이 백록담에서 뻗어내려 해안선에 이르면서 제주도라는 섬을 이룬다는 것인데, 한라산은 제주도라는 나무의 뿌리이면서 줄기라는 것이다. 결국 한라산이 제주도이며, 제주도가 한라산인 셈이다.

나무도 숲도 계곡도 하늘도 일체가 묵언에 들어있다. 눈 외투를 두른 하얀 산에 눈꽃이 난무하니 그건 아마도 적멸의 꽃이다. 눈 천지 속을 누가 앞서 간 흔적. 그 알 수 없는 이의 발자취가 뒷사람에게는 바로 길이 된다.

윗세오름으로 내려서는 등로 주위는 그야말로 설국이다. 이 축제에 초대

받은 산사람들은 겨울의 자연이 베푸는 향연을 마음껏 즐기며 감탄사를 연
발한다.

윗세오름에 내려서니 바람이 몹시 드세다. 겨울 한라에서는 바람도 풍경
이다. 바람은 형체를 볼 수 없는 추상이지만, 소리 속에서 바람의 생을 만날
수 있기 때문이다. 인적 끊긴 윗세오름 대피소는 모든 것이 얼어붙어 있다.
'바람이 멈춘 뒤에 꽃이 떨어지는 것을 보고, 노래하는 새소리로 산이 고요한
것을 안다.'라고 말씀하신 어느 스님의 반어적 법어가 생각난다. 그러나 이
곳은 바람은 있으나 소리는 없다. 소리조차 얼어붙어 있다.

푹신하게 내린 눈이 한 점 새소리마저 흡입한 탓인가. 대피소 주위는 적막
이 가득하다. 여기서 길은 영실과 어리목 방향으로 몸을 쪼갠다.

우리가 지나가는 선작지왓은 한없이 넓은 초원의 광야이다. 봄에는 난쟁

이 산죽이 온 산을 뒤덮고 있지만 지금은 백설로 가득하다. 이곳이 바로 선 작지왓이다. 선작지왓에서 '선'은 '서 있다', '작지'는 '돌'을 가리키는 말이고, '왓'은 제주 사투리로서 '밭'을 이른다. 봄에는 돌 틈 사이로 피어나는 산철쭉 과 털진달래가 붉게 꽃의 바다를 이루고, 여름에는 하얀 뭉게구름과 함께 녹 색의 물결을 이루어 산상의 정원이라고 부른다. 여기의 작은 나무들이 가을 에는 단풍을, 겨울에는 설경을 만드는 이 초원은 한라산이 자랑하고 있는 식 물들의 보고다.

선작지왓의 초원 위로 몰아치는 눈보라로 시계는 제로이고, 온몸을 얼어 붙게 만드는 삭풍으로 발걸음이 잠시 더디어지지만 이내 자연의 품 안에서 순응하며 영실을 향해 내려간다.

윗세오름(1,700m)에서 영실휴게소까지 고도차는 비록 420m이지만 그리

녹녹한 코스는 아니다. 하산 길은 강풍에 날리는 얼음 알갱이 때문에 고글이 없으면 눈을 뜰 수 없는 극한상황이다. 해발 1,600m 지점을 지나자 몰아치는 눈보라에 한라산 정상은 눈앞의 시야에서 사라지고 등로를 가리키는 빨간 깃발만이 바람을 타고 있다. 아득한 광야에서 혹독한 자연의 시련을 겪는 노루들이 귀를 쫑긋 세우고 금방이라도 우리 눈앞에 나타날 것 같다.

설화로 핀 나목은 하얀 그리움이 된다. 기력을 다한 눈보라는 살을 에는 바람을 맞으며 헐벗은 산야를 덮어 주고 눈부시도록 하얀 눈꽃을 피운다.

병풍바위와 오백나한으로 둘러싸인 영실기암은 천태만상의 기암괴석들이 울창한 숲과 어우러져 절경을 이룬다. 영실기암 머리 위로 구름은 화살처럼 빨리 흐르고 기상은 급격히 나빠져 앞과 뒤 구분이 잘 되지 않는다. 영주10경(瀛州十景) 중 으뜸인 영실기암의 설경을 대하니 소스라치는 감동으로 온몸은 전율한다.

등로 왼쪽으로 '신들의 거처'라고 불리는 거대한 병풍바위가 우리 앞을 가

로막는다. 수직의 바위들이 절리를 이루며 마치 병풍을 펼쳐 놓은 것 같다. 병풍바위는 얼어붙은 비폭포와 함께 겨울의 깊은 심연 속에 잠들어있다.

병풍바위 아래에 깔린 연무를 헤치니 서귀포 시가지가 아련하게 보인다. 세찬 골바람이 데려오는 산 아래 번거로운 소식은 어림없다. 마음이 번거로우면 세상이 번거롭고, 마음이 밝으면 세상이 밝다.

쥐고 있는 것들, 다 놔버려라.

내려가야 할 길이 보이자 걸어온 지난 시간의 굽어진 길이 꿈결처럼 아련하다. 나는 어디서 왔으며 어디로 가야 하나. 산 공기가 벌써 소슬하다.

병풍바위를 지나서 가파른 등로를 내려서면 구상나무 숲 사이로 산죽길이 나타난다. 주목과 비슷한 구상나무 군락지는 백록담을 중심으로 하여 해발 약 1,400m 이상의 고지 8백만 평의 넓은 땅에서 자라고 있는데, 제주도 기후가 변하면서 군락지가 계속 줄어들고 있다니 안타깝기 그지없다.

눈길이 가는 데까지 그림보다 더 곱게 펼쳐진 겹겹의 능선이 살아 움직인다. 봄이 오면 이 들판에서는 청초한 꽃을 피우는 돌매화와 들판을 핏빛으로 물들이는 노을을 볼 수 있을 것이다.

한라산은 봄이면 절벽 사이로 화사하게 피어나는 철쭉꽃, 한여름에는 비가 오고 난 후 짙은 녹음 사이로 떨어지는 폭포수, 가을에는 만산홍엽(萬山紅葉)으로 치장한 단풍으로 선경을 이룬다.

오늘은 우리에게 순백으로 단장한 기암괴석과 만개한 설화의 절경을 보여준다. 순백의 눈꽃은 봄 생명을 잉태하기 위한 전령이다. 순백색 순정함으로 삶을 환기시키는 설산을 오르는 일은 얼마나 큰 길운인가.

쌓인 눈이 무심히 밝다. 순정한 백설이 너무 눈부셔 눈을 뜰 수 없다. 설맹(雪盲)인가.

영실휴게소 입구를 들어서면 처음 만나는 것이 '영실 소나무 숲'인데 산림청이 주관한 '아름다운 숲 전국대회'에서 우수상을 수상한 그 숲이다.

　겨울이 지나 봄이 오면 아침 햇살에 빛나는 이슬을 머금은 넓디넓은 이 평원에서 유순한 노루의 눈망울을 볼 수 있을 것이다.

　13km의 눈길을 5시간 이상 걸으면서 신이 빚은 설국에서 천상의 설경을 원도 한도 없이 마음껏 구경했건만 내 심장으로 찾아와 그리움으로 핀 설화는 계속해서 눈앞에 아른거린다.

　천상의 설원에 봄날이 찾아와 천상의 화원으로 옷을 바꾸어 입으면 이 계절의 들꽃만이 연주할 수 있는 봄날의 향연에 다시 초대받고 싶다. 그리하여 흐르는 구름으로 나그네 되어 어지러운 꽃 바다의 들판에서 꽃날의 몽환에 한 줌 내 영혼을 빼앗기고 싶다.

# 순백의 황산(黃山)에서
# 구름바다(雲海)를 건너다

 72개의 기기묘묘한 봉우리와 24개의 계곡을 지닌 황산은 중국 안후이성(安徽省) 남쪽에 위치한 화강암으로 구성된 험준한 바위산으로, 당(唐)나라 때 황제의 명령으로 황산(黃山)임을 공표하고 일반인들의 출입을 통제하였다고 한다.

 1990년 유네스코 세계자연유산과 문화유산에 동시에 등재된 황산은 중국 산수화의 원류이기도 하다. 이곳은 중국 10대 풍경 명승지 가운데 유일하게 산악 명승지인데, 우리나라 설악산의 약 3배쯤 되는 규모로 외형이 설악산, 금강산과 흡사해서 한국인들이 즐겨 찾는 산이기도 하다.

 일 년 내내 비가 오고 구름이 끼는 날이 많아 산 정상에서 보면 마치 구름바다(雲海)처럼 보여 동서남북과 가운데로 나누어 동해, 서해, 남해, 북해, 천해라고 부른다.

 황산의 5대 비경은 소나무, 기암괴석, 운해, 겨울눈, 온천이다. 사계절 내내 모두 아름답지만, 그중에서도 겨울눈과 운해가 절경이다.

 황산 시내에서 출발한 버스가 경대고속도로에 올라서니 가는 눈발이 휘날린다. 기사는 황산 현지와 휴대폰으로 계속 날씨를 파악하고 있는데 황산에도 눈이 오고 있어 시계가 좋지 않을 거라고 한다. 1시간 만에 고속도로를 빠져나온 버스는 본격적으로 황산을 오르기 시작한다. 경사가 급한 산길은 눈이 쌓여있고 눈발도 휘날려 버스기사도 조심스럽게 운전한다. 버스 속은 나지막한 탄성과 함께 얕은 긴장으로 가득하다. 송곡암 매표소에 도착하니 버스는 더는 오르지 못하고 체인을 감은 전용버스로 옮겨 탄 후 케이블카 탑승장까지 긴장감 넘치는 곡예운전으로 이동한다.

황산을 오르는 데는 운곡, 태평, 옥병 케이블카 등 세 군데가 있는데, 오늘 우리 일행은 황산 뒷산 쪽인 송곡암에서 태평케이블카를 타고 배운정, 비래석, 광명정 등 절경을 감상하면서 북해호텔에서 점심 식사를 한 후 몽필생화, 흑호송, 시신봉을 거쳐 백아령에서 운곡케이블카를 타고 하산하는 10km 코스를 잡는다.

황산이 관광지로 급부상할 수 있었던 배경에는 개혁 개방을 이끌었던 덩샤오핑이 1979년 75세의 고령에 걸어서 황산에 오른 후 "누구나 황산에 오를 수 있도록 하라."고 지시를 하는 바람에 케이블카가 설치되고 잔도가 만들어지는 등 빠른 속도로 개발이 이루어졌다고 한다.

태평케이블카 탑승장에서 금속탐지기로 휴대품 검사를 한 후 케이블카를 타고 단아역까지 올라간다. 운무와 휘날리는 눈발로 시계는 제로 상황이다. 잔뜩 화려한 선경을 기대하고 태평케이블카 창가에 기대고 선 일행들의 표정이 출발부터 굳어 있다.

단아역에서 내려 우측으로 가면 황산의 숨겨진 비경인 서해대협곡으로 내려가는 길이다. 24개 협곡 중에서 가장 아름다운 경치를 자랑하는데 천 길 낭떠러지를 내려다보는 비경에 감탄사가 절로 터지는 곳이다. 협곡 아래로 5km 정도 내려가면 모노레일역이 있어 5분 만에 광명정 방향으로 올라가면서 황산 속살의 비경까지 감상할 수 있다. 그러나 겨울에는 잔도가 가파르고 미끄러워 협곡으로 내려갈 수 없고, 모노레일도 운행하지 않

는다.

서해대협곡 입구에는 거대한 두 개의 바위가 '좁은 문'처럼 버티고 있다. 한 사람이 겨우 지날 수 있는 만큼만 열려있는데, 왜 그럴까. 바위 밖에서 욕심의 체중을 감량하고 들어오라는 말 없는 바위의 경책인 성싶다.

겨울에는 서해대협곡이 출입통제 중이라는 사실을 미리 알았건만 막상 싸늘한 철창으로 막힌 동굴 입구를 보니 다리 힘이 빠진다. 하지만 자연이 주는 보상인가. 그동안 짙은 운무와 눈발로 가려졌던 계곡의 시계가 서서히 열리기 시작하면서 일행들로부터 탄성이 터져 나온다. 직벽의 암반에 단단하게 뿌리를 내린 소나무. 설화를 피워낸 바위산 허리를 운무가 감싼다.

황산은 인간 세상에 있는 신선계의 풍경(人間仙境)이라고 불릴 만큼 수려한 경관을 자랑한다. 신비한 봉우리와 서해대협곡의 아찔한 비경을 보고 숱한 시인과 묵객들이 시와 그림을 남긴다. 운해 속에 흰 눈을 머리에 이고 있는 황산의 화강암 봉우리와 바위들, 그리고 소나무가 어우러져 연출하는 풍경은 과연 여기가 선경이라는 착각에 빠져들게 한다.

운무가 걷히면서 바람도 잠잠하여 눈꽃 맞으며 걷기에 안성맞춤이다. 벼랑 위에 만든 아찔한 잔도를 걸으며 일상에 찌든 속세의 번뇌를 협곡 속으로 던져버리고 기암괴석과 기송의 정기를 가슴에 가득 담아본다.

배운정은 시야가 확 트여 황산의 기암 절경을 감상할 수 있는 최고의 명당이다. 구름과 안개가 서해의 골짜기들을 휘감아 솟아오르다가 이곳에 이르면 저절로 갇혀서 물리칠 배(排)에 구름 운(雲)을 써서 배운정이라 부른다. 배운정에서 바라본 서해대협곡은 맺고 이어진 주변 산세가 마치 용의 모습, 흐르는 듯 멈춘 듯 솟은 듯 숨죽인 듯 쉬는 듯 꿈틀대는 운무… 이를 내려다보니 걷지 않으면 갈 수 없고 보지 아니면 맛볼 수 없는 환희심이 사방에 걸쳐있는 듯하다. 서해대협곡에 솟아있는 기암괴석들을 보면 금강산 만물상을 몇십 개 포개 놓은 것 같은 착각이 들 정도다.

신이 빚은 기암괴석 바위틈에서 수백 년 삶을 지탱해온 소나무, 수묵화를 연상하는 운해. 나그네는 황산 서해대협곡의 비경을 쉴 새 없이 찬탄한다.

작은 정자 지행정(知行亭)에서 '아는 것을 행해야 참지식이다.'를 되뇐다. 정자 지붕에 얹힌 눈을 문득 쓸어가는 바람결이 예사롭지 않다. 나그네의 헛욕심도 바람결에 씻기고 있다.

황산의 기암괴석 중 대표 격인 비래석(飛來石)은 하늘에서 날라 와서 박힌 돌 모양이라 하여 붙여진 이름이다. 광명정 서쪽, 배운정 남쪽에 있는 높이 12m, 무게 약 600t의 거석이다.

순백의 설화를 피워낸 기송은 황산의 독특한 지형과 기후로 인해 생겨난

변형된 소나무인데, 해발 800m 이상 돌 틈에서 뛰어난 생명력을 가지고 자란 나무다.

　두 번이나 황산에 오른 명나라 지리학자 서하객은 "5악인 태산(泰山), 화산(華山), 형산(衡山), 항산(恒山), 숭산(嵩山)을 보면 다른 산이 생각나지 않는데, 황산을 보고 나면 5악도 생각나지 않는다."고 극찬을 아끼지 않았다.

　백운빈관 삼거리에서 광명정까지 약 30분간 급경사의 계단 길을 올라야 하지만 설국에서 혼미해져 힘든 줄도 모르고 정신줄 놓고 오른다. 광명정에 서면 황산의 일출과 일몰, 서해대협곡과 정상인 연화봉까지 모두 조망할 수 있으나 오늘따라 운무에 잠긴 기상대 건물만 어렴풋이 보인다. 황산 제2봉

인 광명정(1,860m)은 제1봉인 연화봉(1,864m)이 안식년 중이어서 현재 정
상을 대신하고 있다.

　재선충병 때문에 죽어가던 황산 소나무를 보호하기 위해 황산 주변
10km 근방에 있는 소나무를 모두 제거하였더니 그 자리에 자연스럽게 대
나무들이 자라게 되었고, 항균성이 강한 대나무 덕분으로 재선충병이 황산
에 접근하지 못해 황산 소나무들이 안전해졌다고 한다.

　기암괴석에 둥지를 튼 울울창창(鬱鬱蒼蒼) 황산 소나무는 산자락은 하얀
구름바다에 치마폭을 담그고 있다.

　산 아래에서 산정의 호텔까지 40kg이 넘는 짐을 메고 나르는 짐꾼들은
약 4시간 걸려서 올라오는데 이들이 내는 거친 숨소리에 가지에 달린 잔설

도 덩달아 흐느적거린다. 고도 1,500m가 넘는 이곳에는 북해빈관을 비롯하여 서해빈관, 사림빈관, 백운빈관 등 네 곳의 호텔이 있다. 북해빈관 수백석 대형 식당 내부는 손님들로 가득하다. 산정까지 일일이 식재료를 짊어서 나르는 짐꾼들 정성에 감사하는 마음으로 깨끗이 그릇을 비운다.

북해빈관 아래에는 붓끝 모양을 한 한 그루의 소나무 몽필생화(夢筆生花)가 서 있다. 봉우리 꼭대기의 소나무는 오래전에 죽어 한동안 모조품으로 대체하였다가 몇 해 전에 새 소나무로 식재하였다 한다.

흑호송(黑虎松)은 마치 검은 호랑이가 언덕에 엎드려 있는 모습을 닮았다 하여 소나무에 붙여진 이름이다. 흑과 백의 조화가 절묘하다.

나무도 숲도 계곡도 하늘도 일체가 묵언에 들어있다. 백아령 가는 잔도

를 걸으면 세속에 찌들었던 몸과 마음이 설국에서 깨끗이 헹구어지는 기분
이다.

불구부정(不垢不淨). 사실 우리의 생각이 변덕을 부릴 뿐 본래 더러운 것
도 깨끗한 것도 없는 것이 아니던가.

순백의 무릉도원에서 바람의 기척인가. 잎사귀에 핀 설화가 나비처럼 흩
날려 내린다. 문득 솔향기도 유난히 코끝을 스친다. 깊은 산중에 숨어 있어
도 골짜기를 타고 흐르는 자신의 향기는 숨길 수 없는 것처럼.

백아령 잔도에는 산하의 수목들이 머릿결을 살랑거리고 가지에 담긴
하얀 눈꽃이 난분분 난분분 떨어지니 오늘따라 바람이 오히려 고마울 뿐

이다.

백아령에서 운곡 케이블카를 타고 하산한다. 운해를 뚫고 발아래로 펼쳐
지는 비경은 그야말로 선경이다. 황산의 바위틈에서 천년을 살아온 소나무
를 보면 자연의 위대함에 보잘것없는 나를 되돌아보게 되고, 이들로부터 인
고의 지혜를 배운다.

발아래로 보이는 기암괴석 봉우리마다 걸쳐있는 운해는 가히 절경이다.
이 골짝 저 골짝에서는 안개가 자욱하고 허연 구름장이 산허리에 감긴다.

오늘 우리가 걸었던 황산의 잔도는 뱀처럼 구불구불한 원만한 곡선이다.
덜컹거리는 사각이 번뇌라면 원만한 원은 해탈이다. 오늘 하루 번뇌에서 해

탈한 신선이 되어 선계(仙界)의 꿈결 같은 구름바다를 거닐었던 신선노름도 케이블카가 운곡 승강장에 도착하면서 끝이 난다.

굽이굽이 산길을 돌아 황산 대문에 도착하니 이제서야 꿈과 이상의 판타지 구운몽(九雲夢)에서 깨어난 것 같았는데 시간은 겨우 두 나절만 지났다.

# 나시족 신들의 거처,
## 히말라야 동쪽 끝 옥룡설산에 오르다

거칠고 황량한 곳. 동시에 은둔의 땅이자 순수 원형의 땅, 내 안의 나를 찾아 떠난 그곳에서 나시족들의 신(神)을 만나보고 싶었다.

동부 히말리아의 끝 옥룡설산!

무조건적인 그리움은 가슴 속을 풀무질을 해대어 심장 온도는 갈수록 올라간다. '사람'이 아닌 '자연'에 대한 열망이 이렇게도 클 수 있는 것일까.

질리도록 파란 하늘과 흰 눈을 이고 구름 위로 솟은 만년설의 봉우리들. 그 위로 영롱한 빛 화살을 내리꽂는 태양. 가슴은 주체할 수 없을 만큼 방망이질을 하고 온몸은 불에 덴 듯 화끈거렸다. 그곳은 완전히 다른 또 하나의 세계였다.

앙드레 지드는 아프리카 여행 중에 모든 구속에서 벗어나 강렬한 생명으로 거듭나는 '황홀한 재생'을 꿈꾸었다. 나 또한 히말라야가 품고 있는 미지의 땅으로 가서 나를 훌훌 벗고 내 안의 존재를 새롭게 깨우고 싶었다.

중국 남부에 자리한 윈난(雲南)은 '구름이 지나는 남쪽'이라는 뜻이다. 연중 내내 봄이라는 이름과는 어울리지 않게 만년 설산이 히말라야 동쪽 끝

자락에 자리하여 드높은 산맥과 험준한 협곡, 우뚝 솟은 봉우리들이 많기로 유명한 곳이기도 하다.

호도협 트레킹을 하면서 이틀간 껌딱지처럼 가까이서 같이 붙어 다닌 옥룡설산. 해발 5,670m, 길이 35km, 너비 12km에 이르는 광대한 산군이다.

무수한 봉우리 중에서 5,000m 이상의 13개 봉우리에 눈이 쌓인 모습이 마치 한 마리의 은빛 용이 누워있는 모습과 비슷하다고 하여 '옥룡설산(玉龍雪山)'이라는 이름이 지어졌다.

나시족들은 자연물을 숭상하는 동파교(東巴敎)라는 원시 종교를 믿고 있는데, 자신들의 수호신으로 여기는 옥룡설산의 가장 높은 주봉 선자두는 등반 허가를 내주지 않는다. 그리고 자연을 그림과 기호로 형상화한 세계 유일의 상형문자인 동파문자를 아직도 사용하고 있다.

아직 어둠이 걷히지 않은 옥호촌은 옥룡설산 망설봉을 오르는 산행 들머리다. 오늘 산행은 옥호촌에서 전죽림까지는 말로 이동하고 전죽림에서 망설봉까지 올랐다가 원점 회귀하는 18km 코스로, 총 10시간이 소요된다.

먼저 기마장으로 가서 말을 배정받는다. 손님이 오는 순서대로 말을 배정하는 원칙을 철저하게 지킨다. 옥룡설산을 등반하는 외국인들은 반드시 여기서 말을 타고 일정 거리 이동해야 한다.

우리가 탄 말은 두 필을 빼고 모두 노새인데, 노새는 암말과 수당나귀의 잡종으로 예전에 우리나라에서도 수레를 끌던 말이다. 힘과 덩치가 좋고 건강하며 성질도 온순하여 평생 일만 하다가 죽는데, 생리적으로 정자가 성숙하지 않아서 후손도 남기지 못하니 측은하기 짝이 없다.

필자 덩치가 커서 괜히 처음 만난 노새와 마부인 초등학생에게 미안한 마음이 든다.


아침 일찍 올라온 데다 높은 고도 탓인지 본격적인 등반 시작하기 전부

터 한기가 먼저 몰려온다. 이곳 옥호촌 사람들은 야크 방목, 약초 채취, 말 대여 등으로 생계를 유지하는데 시골 마을 치고는 수입이 높은 편이라고 한다.

여명이 밝아오는 옥호촌의 돌담과 돌길을 마치 우리 시골마을처럼 정 겹다.

말을 타고 너른 평원을 지나며 유유자적 아름다운 경관을 즐길 때는 좋았 지만, 경사가 있는 산길로 접어들면서 고삐를 잡은 손과 팔다리에 힘이 들 어가니 온몸이 욱신거린다.

옥호촌에서 노새를 타고 전죽림까지 가는 노정은 즐거움이 아닌 고행의 연속이다. 차라리 걷는 것이 더 편하다.

숲길을 한참 올라온 뒤 만난 목초지의 바위에 '마황패(螞蟥坝)'라고 적혀 있다. 이 근처에 거머리가 많아서 이런 이름이 붙었는데, 여기서부터 전죽림까지 두어 군데 경사가 매우 급한 구간에서는 말에서 내려 걸어야 한다. 말이 힘든 탓도 있겠지만 너무 경사가 급한 구간에서 자칫 말이 미끄러져 넘어지기라도 한다면 사고가 날 수도 있기 때문이다.

어느새 구름 벗겨진 하늘 아래 흰 머리를 들어낸 설산. 손을 뻗으면 바로 닿을 듯한 거리에서 황홀한 모습으로 내 눈 가득 들어온다. 하늘을 뚫을 듯 높이 솟은 산들이 병풍을 두른 듯 굽어보고 있어 제대로 숨을 쉴 수 없다.

옥호촌에서 3시간 정도 걸려 도착한 전죽림(箭竹林)은 승마코스가 끝나고 걸어서 오르는 등산이 시작되는 지점이다. 전죽은 화살대를 만드는 대나무를 뜻하는 말인데 주변을 아무리 둘러봐도 대나무는 별로 보이지 않는다.

봄, 여름에 망설봉을 등반할 때는 이곳 너른 목초지에 텐트를 치고 낮에는 야생화, 밤에는 별을 보며 야영을 한다.

이곳 통나무 막사 안에서 마부들이 준비해준 김밥과 컵라면, 뜨거운 국과 디저트로 나온 사과로 든든하게 배를 채운다. 기압이 낮다 보니 일회용 커피 봉지가 터질 듯 부풀어 오른다. 우리가 산행하는 동안 마부들은 그새 약초를 한 바구니씩 캐서 가방에 담아 말에 매달아 놓고 있다. 이들의 약초 수입도 만만치 않다고 한다. 시간을 참으로 유용하게 쓰는 사람들이다.

전원 등반을 목표로 화이팅을 외치며 망설봉을 향해 호기롭게 출발한다. 선두에 선 현지 나시족 셀파를 따라 본격적인 산행이 시작된다. 자갈이 많은 급경사의 돌무더기 길을 오르니 금방 숨이 차오른다. 희박한 공기를 마신 폐는 숨차다고 아우성이고 산소가 부족한 피를 공급받은 근육들은 이내 힘을 잃는다.

몇 해 전 큰불이 나서 그을린 뿌리 잡목 사이로 걷다 보니 마음마저 황량해진다. 황량하지만 숨막히게 아름다운 태고의 고원과 하늘, 척박한 땅. 그러나 헐벗은 땅에서 마음껏 헐벗을 수 있는 내 영혼은 새로워진다.

뒤를 돌아보니 지나온 전죽림과 그 너머로 옥주경천의 넓고도 너른 초지와 리장으로 향하는 쭉 뻗은 직선 도로, 그리고 멀리 리장 시내가 아련하게 보인다.

전죽림에서 망설봉에 이르는 등로는 거리는 짧지만 경사도가 대단히 높다. 고도가 높아 산소도 적기 때문에 가급적 천천히 자주 쉬면서 꾸준하게 올라야 한다. 그러나 한라산 진달래대피소처럼 망설봉은 2시 반까지 오르도록 시간을 통제하고 있어 부담감을 지닌 채 산에 올라야 한다.

모래와 자갈로 이루어져 있어 유사파(流沙坡, 4,000m)란 이름이 붙은 언덕은 그 옛날 빙하가 흘러내린 흔적이다. 발목까지 빠지는 이곳을 통과하기가 만만찮다.

설산 아래 풀이 있는 곳에는 반드시 방목하는 야크 떼가 있다. 해발 3,000m 이하에서는 생존이 불가능한 고산동물 야크는 검은색 야크black yak가 대부분이지만 귀한 흰색 야크white yak도 간혹 눈에 띈다.

장족(藏族)의 아침은 수유차로 시작한다. 수유는 야크 젖을 끓인 후 식었을 때 생긴 지방 덩어리다. 이 수유와 차를 함께 넣고 끓여 만든 차가 바로 수유차다. 장족 여자들은 아침에 야크 배설물로 차를 달이는데 "식량이 없으면 사흘을 견디지만, 차가 없으면 하루를 버티지 못한다."고 한다. 따라서 장족은 야크 없이 살 수 없다. 등로 왼편 계곡으로 옥호촌에서 올라온 야크들이 보인다. 1마리가 우리 돈으로 6백만 원이 넘는다고 한다.

여기 와보면 히말라야 등반대의 정상 공격조가 왜 그렇게 느릿느릿 움직이는지 체험을 통해 알게 된다. 호흡을 고르며 서서히 고도를 높이니 노새처럼 굽은 등 모양을 한 충초평(蟲草坪, 4,500m)이 나온다. 옥호촌 사람들이 동충하초를 캐는 곳이다. 뒤를 돌아보니 우리가 올라온 길의 오른쪽에 상의봉(尚义峰) 봉우리가 보인다. 저 멀리 녹설해 표지판도 보인다. 일단 저 고개에 오르기 위해 마음을 다잡고 거친 호흡을 토해내며 산오름을 계속

한다.

　녹설해(綠雪海, 4,900m)는 어느 봄날에 야생화가 지천으로 핀 푸른 초원 위로 눈이 내리면 마치 푸르른 바다처럼 아름답다 하여 붙여진 이름이다.

　여기서 망설봉까지 거리가 멀지는 않지만 계속 오르막이어서 결코 만만한 길이 아니다. 이곳에서 잠시 휴식을 취하면서 마지막 스퍼트를 위한 힘을 비축한다. 안타깝게도 여기까지 같이 왔던 일행 2명은 고소증세 때문에 더 이상 오르지 못한다.

　위로 갈수록 오랜 세월 빙하의 침식 끝에 특이한 모습을 하는 바위들로 가득하다. 허파가 터질 듯 헉헉거리며, 납덩이를 매단 듯 질질 끌던 걸음, 신비경 같은 초자연의 풍광들. 질리도록 파란 천공(天空). 고원과 하늘의 무한 지대는 '크게 있어' '대유(大有)'라고 해야 할지, '크게 비어' '태허(太虛)'라고 해야 할지.

   하늘과 땅이 만나는 곳. 한없이 넓고 그림 같은 하늘. 빛이 너무 강해 그 안에서 녹아내릴 것만 같다.

   그러나 심장이 터질 듯하고 호흡은 거칠어져 발걸음이 자꾸 더뎌진다. 드디어 14시 정각 망설봉에 도착한다. 망설봉에 오르니 5,000m가 넘는 옥룡설산 봉우리 13개가 좌우로 도열하여 산객을 반긴다. 용이 날아가는 모습이라는 산 이름에 걸맞게 정상 주위 풍광은 그야말로 압권이다.

   망설봉(5,100m)은 우리가 오를 수 있는 마지막 지점이다. 큰 바위에 '망설봉 대협곡'이라고 붉게 새겨져 있다. 망설봉 주위 날카로운 검은 암릉 사이로 하얀 만년설이 깔려있다. 한 번도 가본 적 없는 고향에 들어선 것 같은 아릿함에 가슴 속이 먹먹해져 온다.

   추락 경고 표지판이 강풍에 떨어져 나간 공간 사이로 보이는 세상은 환희로운 한편의 파노라마다. 뒤로 미답의 봉우리 선자두(5,670m)가 보인다.

　선자두 아래의 대협곡은 과거 빙하로 가득 채워져 있었으나 지구 온난화로 거의 다 녹아 허연 나신을 드러내고 있다. 서유기의 손오공이 500년 동안 갇혔던 흔적을 한참 찾아본다.

　동행한 나시족 셸파는 오늘처럼 이렇게 맑은 날씨에 산오름할 수 있는 날은 1년에 30일 정도라고 한다. 더구나 이렇게 구름 한 점 없는 날은 더더욱 드물어 당신들은 정말 복 받은 사람들이라고 치켜세운다.

　미동도 하지 않고 계속 설산을 쳐다본다. 수만 생각이 스치지만, 아무것도 거머쥔 것 없는 텅 빈, 멍한 시간. 어쩌면 그것은 '정지된 시간' 이었을까. 어떤 외로움도, 그리움도, 슬픔도 정지된 시간 속으로 사라진다.

　정상 주위에 부는 제법 거친 바람은 '두고 온 세상'을 나의 의식에서 끌어내고, '새로 찾아온 세상'을 밀어 넣는다. 바람만이 자유롭게 드나드니 나그네의 티끌 번뇌가 흩어진다.

　한낮의 햇살에 출렁거리는 산, 주름주름 능선을 휘감는 시늉을 하던 운무가 제물에 질리듯 머리를 풀어헤치고 허공으로 흩어지니 하늘이 완전하게 열린다. 초목 하나 없는 황량한 산, 풍화된 암갈색 지층을 드러내고 아스라이 뻗어있는 게 황막하면서도 아름다운 산들. 쑥쑥 뿜어내는 원시의 기운이 가슴을 찡하게 두드린다.

　2시 반이 되자 셸파가 하산을 독촉한다. 올라올 때는 몽유병 환자처럼 무기력하게 흐느적거리던 몸이 내려갈 때는 물 만난 고기다. 올라올 때 사람 진을 다 빼게 만든 유사파의 모래 경사 길을 복수할 요량으로 스키 타듯이 가볍게 내려간다. 하산하면서 내려다보이는 옥주경천의 너른 벌과 산자락의 옥호촌은 가도 가도 제자리에 있다.

　영원히 잃어버린 줄 알았던
　순결한 시절, 순결한 마음.

그 무구하던 시절로부터 나는 지금
얼마나 멀리 떨어져 있는지 알 수 없다.

뭉클한 심정으로 유사과 언덕을 내려오던 내 머리 위로 새 한 마리가 포물선을 그리며 날고 있다. 고원과 협곡을 날개에 담고 유유히 비행하는 저 새는 바로 극락정토의 설산에 산다는 극락조 가릉빈가(迦陵頻伽) 아닌가.

히말라야의 주술에 걸린 나는 어느새 그 새가 되어 바람을 타고 옥호촌 창공을 날고 있었다.

세상에서

가장 아름다운 길은

집으로 가는 길이다.

# #지구촌 인문기행

눈물겹도록 아름다운 길, 차마고도 호도협

고성아래 호수와 섬, 사람들은 블레드라고 부른다

알함브라 Alhambra 궁전의 추억

노르웨이 트롤퉁가, 그 끝에 서다

시베리아의 푸른 눈동자, 바이칼 호수와 나를 찾아 떠난 여행 1부

시베리아의 푸른 눈동자, 바이칼 호수와 나를 찾아 떠난 여행 2부

아드리아해의 진주, 크로아티아 두브로브니크

# 눈물겹도록 아름다운 길,
## 차마고도 호도협

영국의 소설가 제임스 힐턴James Hilton이 1933년에 펴낸 『잃어버린 지평선 Lost Horizon』이란 소설에서 이상향으로 등장하는 가상의 도시 샹그릴라Sangri-La.

소설 속에서 샹그릴라는 인류가 이상으로 그리는 완전하고 평화로운 상상 속의 세계지만 이 세상 속에서 존재하는 실존의 이상 도시처럼 알려져 많은 히말라야 여행자들이 이상향 샹그릴라에 이르는 길을 발견하지 않을까 하여 히말라야 부근을 기웃거리고 있다. 필자도 그 부류에 속하여 벌써 두 번째 히말라야 자락을 찾고 있다.

"길은 집이고, 집도 길이다. 고로 인생은 길이다." 역마살이 낀 필자가 평소에 늘 주장하는 해괴한 논리이지만 마음을 열고 길을 나서는 순간, 나를 반겨주는 놀랄 만한 것들이 이 세상에 많다. 그 길에는 풍경뿐 아니라 삶과 사람이 있기 때문이다.

차마고도(茶馬古道)는 실크로드보다 오래된 교역로로, 당나라와 티벳 토번 왕국이 서로 차와 말을 교역하면서 유래된 이름이다. 윈난성에서 티벳으로 향하는 이 길은 시솽반나(西雙版納)에서 푸얼스(普耳市)를 지나 따리(大理), 리장(麗江), 샹그릴라(香格里拉)를 거쳐 라싸(拉薩)에 이르는데,

리장에서 샹그릴라로 향하는 길목에 호도협이 자리 잡고 있다. 호랑이가 건너다닌 협곡이라는 뜻의 호도협(虎渡峽)은 강의 상류와 하류 낙차가 170m에 이르는 세계에서 가장 깊은 협곡 중의 하나이다. 호도협 위에 자리한 차마고도는 2003년 유네스코 세계자연문화유산으로 등재된다.

인천공항을 출발한지 4시간 만에 쓰촨성 청두공항에 도착하여 공항 근처 호텔에서 눈만 잠시 붙인 후 새벽 첫 비행기를 타고 1시간 걸려 리장공항에 도착한다. 공항에서 일행을 태운 버스는 리장 시내를 지나 2시간 만에 호도협 트레킹의 출발지인 상호도협에 도착한다. 나무 계단을 20여분 내려가서 협곡의 끝에 이르면 거친 물소리에 귀가 먹먹해진다. 인도 대륙과 유라시아 대륙의 충돌로 야기된 지각운동은 하나였던 산을 옥룡설산(玉龍雪山)과 합파설산(哈巴雪山)으로 갈라놓았다. 그 갈라진 틈으로 세계에서 3번째로 긴 장강이 금사강(金沙江)으로 이름을 바꾸고 흘러들면서 22km의 길이에 높이 2,000m에 달하는 길고 거대한 협곡을 만든 것이다.

상호도협 물가에는 금사강의 노도를 집어삼킬 듯 포효하고 있는 호랑이가 있다. 금사강은 장강의 서쪽 원류로 강의 상류에서 금이 많이 채취되기 때문에 붙여진 이름이라고 한다. 급류에 휘말린 물보라가 거센 포말을 이루며 튀어 오른다. 하얗게 부서지는 물보라와 귓전을 뒤흔드는 물소리에 세상의 온갖 시름이 부서지고, 세상의 온갖 소음은 묻힌다.

호도협 트레킹의 시작점은 나시객잔(纳西客栈)이다. 여기서부터 28밴드, 차마객잔, 중도객잔, 티나객잔, 장선생객잔까지 이어진다. 옥룡설산과 하바설산 사이 협곡에 난 16km 길을 따라 1박 2일 동안 걷게 되는 것이다.

호도협에는 나시족들이 산다. 지금은 관광객을 상대로 하는 숙박업이 더 큰 수입이 되었지만 여전히 옥수수나 곡물을 심고 키우는 일은 나시족의 중요한 일상이기도 하다. 나시객잔 마당에는 씨옥수수가 노랗게 말라

가고 있다.

BBC가 선정한 세계 3대 트레킹 중의 하나인 차마고도 호도협트레킹은 수려한 자연 속에서 한 걸음, 한 걸음 느리게 걸어야 한다. 천천히 움직일수록 아름다운 자연이 잘 보이고, 자연으로부터 받는 감동도 더욱 크게 느낄 수 있기 때문이다.

호도협트레킹은 따로 지도가 필요 없다. 트레킹 종착지 중호도협을 알리는 입간판이나 절벽 길 곳곳의 바위마다 페인트로 칠해져 있는 화살표만 따라가면 된다.

전체 트레킹 코스 중 28밴드 시작점에서부터 2km 이상 계속 이어지는 오르막이 호도협트레킹 코스 중 가장 힘든 구간인데, 스물여덟 개의 굽이를 1시간 동안 돌아가며 올라야 한다. 이 길을 걷다 보면 경사지고 황량한 이런 고지대에 밭을 만들어 곡물을 심고 키워온 나시족들의 어려운 일상을 엿볼

수 있다.

28밴드에 접어들면 마부들이 따라온다. 힘들면 노새를 타면 되지만 노새 위에서 내려다보는 협곡은 아찔하기 짝이 없다.

가파른 길만큼이나 급하게 차오르는 숨을 헉헉거리며 28밴드 정상의 전망대(2,670m)에 서면 감탄사가 절로 터진다. 고개 모퉁이를 돌 때마다 옥룡설산과 금사강이 한눈에 보인다. 호도협트레킹은 발치에 흐르는 금사강의 옥빛 물결을 즐기며 손에 잡힐 듯 가까이 얼굴을 내민 옥룡설산을 마주보며 걷는 길이다. 절벽 길 아래로 보이는 상호도협에는 좁은 협곡 사이로 옥빛 물이 흐른다. 지금은 건기라 물이 옥빛처럼 맑지만, 우기에는 물이 많이 불어 흙탕물이다.

옥룡설산은 히말라야 동쪽 끝에 위치한 해발 5,596m의 고산으로, 산에 쌓인 눈이 마치 한 마리의 은빛 용이 누워있는 모습과 비슷하다 하여 붙여

진 이름이다. 이곳 풍경은 생사를 초탈하게 만든다. 용들이 들썩이는 풍경 하나로 일제히 아라한에 이를 듯하다.

바짝 다가온 옥룡설산의 흰 이마 아래 아득한 금사강의 옥빛 물결이 굽이 치며 협곡을 휘돌아나간다.

밴드 전망대에 올라서면 설산이 장엄하게 모습을 드러낸다. 용들이 햇살 에 젖은 몸을 말리는 모습과 흡사하다.

나시객잔을 출발한 지 2시간 반 만에 차마객잔(車馬客棧)에 도착한다. 객잔 휴게실에서 옥룡설산을 바라보며 산 기운을 접하면서 칭따오맥주 한 잔으로 갈증을 식힌다. 차마객잔은 트레킹 1일차 숙소로 많이 이용된다. 우 리는 여기서 2시간을 더 걸어야 숙소인 중도객산에 도착할 수 있다.

차마객잔에서 중도객잔으로 이어지는 길은 하얀 몸을 곧추세운 거대한 산괴가 도열해 있는 장엄하고 경이로운 풍경을 연출한다. 천 오백 년 전부 터 옛 마방들이 걷던 이 길을 따라 걷다 보니 그들이 감내해야 했던 삶의 애 환을 조금이나마 느낄 수 있을 것 같다.

이곳은 4월부터 우기가 시작되어 6월에서 8월 사이에 절정에 달한다. 이 시기에는 곳곳에서 길이 끊기거나 산사태가 일어나서 사고가 생기기도 한 다. 그래서 우기가 끝나는 가을부터 3월까지가 트레킹 적기다.

5,000m가 훨씬 넘는 옥룡설산과 합파설산, 그리고 2,000m 높이의 아찔 한 호도협이 만들어낸 경이로운 풍광은 트레킹 내내 끝없는 감탄을 자아내 게 한다. 두 눈에 모조리 쓸어 담기에 족한 함축적인 산경이 파노라마처럼 내내 펼쳐진다. 산을 신이라 불러도 무방하리라.

트레킹 시작한지 5시간 반 만에 첫날 목적지 중도객잔(中途客棧)에 도착 한다. 객잔이 전체 트레킹 코스의 1/2에 해당하는 곳에 위치하고 있어 'half way'라고 부른다. 리모델링과 증축 공사로 객잔 분위기가 다소 산만하다.

옥상 휴게실에서 중도객잔의 별미 오골계 백숙으로 원기를 북돋우고, 바

이주(白酒) 한잔을 나누며 여정의 피로를 날려 보낸다.

휴게실 벽과 천장은 이곳을 다녀간 우리나라와 외국 산악회의 깃발과 리본으로 도배되어 있다. 밤이 찾아와 중도객잔 전망대의 긴 장의자에 누우면 하늘에서 옥룡설산의 13개 봉우리 위로 쏟아지는 별빛을 마주할 수 있다. 파란 천공 위를 무수히 수놓은 주먹 별들을 보면 이곳이 선경임을 이내 깨닫는다. 객실의 대형 통유리를 통해 낮에는 은빛 용의 등을 연상시키는 하얗고 아름다운 만년설을, 밤에는 하늘을 수놓는 수많은 별을 볼 수 있다.

객잔 테라스에 오르면 최고의 비경을 감상할 수 있다. 중도객잔은 지상 최고의 호텔이다.

객잔 곳곳에 걸린 리본과 플래카드가 마치 룽따처럼 바람에 펄럭인다. 룽따 깃발 아래에 서면 언제나 마음이 설렌다. 바람이 깃발을 지나가면서 내는 소리에 마음이 공명하기 때문이다. 그런 마음의 움직임을 얻으려고 깃발이 생긴 것은 아닐까.

룽따는 소리 없는 아우성이 아니다. 사방 하늘을 향해 발복(發福)을 바라는 간절한 외침이다. 결국 색이 바래고 천이 갈기갈기 찢어져 바람과 함께 허공으로 녹아들어 가기까지 복을 부르는 소망이다.

테라스 입구 가장 잘 보이는 곳에 트레킹에 참여한 산우들의 소회를 적은 플래카드를 건다. 또 다른 룽따가 되어 동티벳 하늘 높이 녹아들기를 빌어 본다.

이튿날 날은 밝았지만 마을은 아직 잠들어있다. 중도객잔을 뒤로 하고 중호도협을 향해 출발한다. 아침이 되었건만 깊은 산중의 산자락 마을은 아직도 잠들어있다. 트레킹 내내 만나게 되는 계단식 논과 집들. 이런 척박한 오지 속에서도 좌절하지 않고 삶을 이어온 나시족들의 강인한 생명력을 실감할 수 있는 모습들이다.

합파설산 위로 펼쳐지는 드넓은 푸른 하늘, 그 위에 몰려드는 엄청난 구름. 어느 순간 푸른 하늘에 나타나 흐르다가 소멸하는 하얀 구름 같은 우리들의 생(生). 그 길목에서 하루를 보낸 호도협의 여정이 먼 훗날 어떤 의미로 남을 것인지.

보들레르 시 '이방인'의 마지막 시구가 떠오른다.


나는 저 구름을 사랑한다.

하염없이 흘러가는 구름을 사랑한다.

보라, 다시 보라. 저 불가사의한 구름을.


구름이 드리운 합파설산 자락 마을은 평화롭기 그지없다. 아침 햇살에 담긴 강렬한 자외선은 나그네의 얼굴을 칭칭 가리게 만든다.

실같이 가는 절벽 길에서 잠시 뒤 관음폭포와 만난다. 자연의 생명 역량이 길 위로 고스란히 배어든다. 관음폭포의 시원한 물줄기는 청량함 그 자체다. 이 물줄기는 절벽의 높이가 2,000m나 되는 깊은 계곡을 따라 산 아래 금사강으로 흘러서 들어간다. 호도협 주민들은 폭포에 파이프를 설치해서 생명수로 사용하고 있다.

차마고도는 겨울에도 영상을 유지하기 때문에 길이 얼지 않아 트레킹이 가능하며, 4월이면 산자락 아래 유채밭에서는 바람을 타고 일렁이는 노란 물결이 장관이다.

눈을 드니 구름을 털어낸 서기 어린 설산이 무수한 용을 거느리고 나그네를 맞이한다. 일행들과 떨어져 나 홀로 걷다 보면 마치 이름 모를 외계의 행성에 와있는 듯한 착각에 빠져든다. 해발 3,000m 되는 차마고도 길가에 평안과 안녕을 기원하는 작은 사원이 숨어 있다. 절해고도나 다름없는 이곳에서는 어떤 신앙이라도 나시족 삶의 전부가 되었을 터.

길을 걷다가 백척간두에 선다. 이 삶에서 끝을 보리라. 가만히 눈을 감고

깊은 숨으로 마음속의 해와 달을 불러 본다.

　하얀 설산이 굽어보는 가운데 바람도 상쾌하다. 이 길은 자연이 인간의 영혼에게 주는 평화의 선물이다. 걸으면서 보이는 설산의 청정한 봉우리, 해가 들지 않는 깊은 산중의 적막, 실같이 가늘게 이어진 길, 도도하게 흐르는 물은 태고의 정서를 하염없이 자아내게 하면서 나그네의 가슴을 먹먹하게 만든다.

　이 길은 말도, 염소도 사람과 같이 다닌다. 차별이 없는 평등한 공간이다.

이 길을 걷노라면 자연이라는 위대한 스승을 만나게 되고, 스승의 발길을 더듬게 된다. 그리고 결국 스승을 닮게 된다.

아침 햇살 때문에 합파설산 봉우리들은 맞은편 옥룡설산 산 그림자로 그윽하다. 골짜기는 푸른 연기 같은 이내로 넘쳐 저물녘의 연못 같다. 서로 마주 보고 선 두 산은 마치 북한산의 원효봉과 의상봉처럼 친구 같은 사이로 느껴진다. 합파설산 자락의 호두나무숲과 대나무숲을 지나면 산행 날머리 티나객잔으로 내려가는 가파른 오솔길이 나온다. 땅에 닿을 듯 고개를 숙이고 1시간을 내려와야 티나객잔에 도착한다.

1박 2일 16km의 치열했던 트레킹이 끝나는 순간이다. 바로 지금 여기에서 이 시간을 마음껏 누린 우리는 축복받은 존재들이다.

하지만 길을 걸으며 마냥 즐거웠던 것만은 아니다. 천오백 년 전부터 집을 떠나 거칠고 황량한 차마고도에서 고단한 삶의 여정을 살아온 마방들.

가족의 생계를 위해 평생을 생명을 담보로 힘겹게 걷고 걸었던 길. 한과 눈물과 애환의 길.

그러나 그들이 걸었던 길고 긴 노정의 끝은 결국 가족이 기다리는 집이 아니었을까.

세상에서 가장 아름다운 길은 집으로 가는 길이다.

그래서 차마고도는 눈물겹도록 아름다운 길이다.

# 고성 아래 호수와 섬,
# 사람들은 블레드라고 부른다

블레드는 슬로베니아 북서부 어퍼카르니올라주에 위치한 작은 빙하호 마을이다. 알프스산맥에 위치하고 있는 이 마을에는 슬로베니아의 유일한 섬(島)이 있고, 슬로베니아에서 가장 오래된 성(城)이 있다. 그 성과 호수, 그리고 호수 가운데에 있는 섬 풍경들은 '죽기 전에 꼭 가봐야 할 세계 휴양지'에 선정될 정도로 아름다움을 인정받고 있다.

130m 절벽 위 암벽에 세워진 블레드성은 지금까지 한 번도 적의 침입으로 정복된 적이 없는 견고한 요새다. 1004년 신성 로마제국의 하인리히 2세 황제가 브릭센의 주교인 알부인 1세에게 하사한 성으로, 한때 루돌프 1세 황제에 의해 신성로마제국의 지배를 받는 등 오랫동안 오스트리아-헝가리 제국에 속해 있다가 1918년에 동 제국이 해체되면서 유고 연방에 편입되어 왕실의 여름 거처로 사용되었다고 한다. 유고 연방 시절에 티토가 세계 각국의 정상들을 초대한 곳이기도 하다.

성문을 지나 조금 올랐는데도 벌써 시가지와 블레드 호수가 보이기 시작한다. 정원에는 왼쪽은 예배당, 오른쪽은 박물관이다.

16세기에 건축된 고딕 양식의 예배당은 바로크 양식으로 개조되었는데 프레스코 벽화가 훌륭하다. 예배당 창 너머로 보이는 블레드 마을이 너무 아름답다. 성과 호수만 아름다운 곳이 아니다. 예배당 오른쪽이 박물관이다. 박물관 벽에는 헨리크 2세가 주교에게 블레드를 서면으로 건네주는 그림이 걸려있다. 인쇄 공방에서는 옛날 방식 그대로 수제종이에 구텐베르크 금속활자로 엽서나 책갈피, 기념일 카드 등을 인쇄해 주고 있다.

선사시대에 섬에 사람이 살았던 흔적과 슬라브 신화에 등장하는 사랑과 풍요의 여신인 지바가 조형물로 전시되어 있다.

블레드성의 예배당 앞이 최고의 뷰포인트다. 여기에 서면 누구나 어릴 때부터 꿈꾸어 왔던 동화 속의 주인공이 된다. 계단에서 바라보면 가장 먼저 눈에 들어오는 것은 반짝이는 블레드 호수이다. 그 호수 안 작은 섬에 있는 빼어난 자태의 성모 승천 교회가 클로즈업된다. 그리고 호수 뒤편에는 이탈리아 북동부에서 슬로베니아까지 이어지는 알프스 남쪽 줄기의 석회암 산맥인 줄리안 알프스의 우뚝 솟은 봉우리들이 줄줄이 도열해 있다. 언제인가 그림엽서에서 본 적이 있는 풍경이 바로 눈앞에 펼쳐져 있다. 블레드 섬 뒤로 하얗게 눈을 뒤집어쓰고 있는 산이 슬로베니아에서 제일 높은 트리글라

브산이다.

블레드 호수는 여행정보 사이트 '트립 어드바이저'가 선정한 '동화 같은 여행지 톱10'에 선정될 정도로 아름다운 곳이다. 세계 각지의 여행객이 찾는 관광 명소인 블레드 호수는 줄리안 알프스산맥의 만년설이 녹아내린 빙하 침식으로 생긴 호수이다.

블레드 섬의 성모 승천 교회에서 울려 나오는 종소리가 물결을 일구니 잔잔한 호수가 잠에서 깨어난다.

줄리안 알프스산맥의 만년설이 녹아내린 빙하의 침식으로 생긴 블레드 호수는 가로 2.1km, 세로 1.4km, 둘레 6km인데 천천히 돌아도 3시간이면

충분하다.

블레드 섬으로 들어가는 방법은 오로지 하나뿐이다. 팔뚝 굵고 잘생긴 뱃사공이 노를 젓는 플레타나라는 나룻배를 타야만 섬으로 들어갈 수 있다. 나무로 만들어진 이 배는 뱃머리와 배의 양쪽에 승객들이 빙 둘러앉을 수 있도록 되어 있으며, 배의 뒤편은 뱃사공이 노를 젓는 공간이다. 모양새는 그다지 크지 않아 보이나 20명 정도도 너끈히 탈 수 있을 정도로 그 공간은 의외로 넓다. 나무로 만들어진 나룻배의 특성상 좌우로 흔들림이 심해 어떨 때는 위험스럽게 느껴질 때도 있지만.

블레드가 합스부르크가의 지배에 있을 때 플레타나의 숫자를 23대로 한정해서 허가를 해 주었는데, 그 원칙은 지금까지도 이어지고 있다. 우리가 탄 배의 뱃사공은 체격도 좋고 아주 미남이다. 뱃사공 중에 조정 국가대표 출신들이 많다는 말을 듣고 뱃사공에게 물어보니 자신은 아니란다. 호수가 잔잔하고 워낙 경치가 아름다워 세계 조정 선수권 대회가 자주 열리는 곳이기도 하다.

고요함 속에 잠겨 맑은 호수에 가득한 하늘과 산과 숲을 음미하노라면 정말 별유천지비인간(別有天地非人間)이 따로 없다. 건너편 바위 절벽에 걸터앉은 블레드성과 트리글라브산 허리에 걸쳐진 구름. 배 위에서 보는 풍경은 가히 환상적이다.

호숫가 호텔 빌라 블레드는 한때 유고 연방 대통령 티토의 개인 별장이었다. 정상회의 때 초대받은 김일성이 이곳 풍광에 반하여 여기서 2주간이나 숙박했다고 전해진다. 호반에 서면 티토는 물론, 제정 오스트리아와 유고슬라비아의 왕족들이 왜 이곳을 사랑했는지를 알 수 있을 것 같다.

배가 들어가는 블레드 섬 선착장에는 젊은 청춘들이 선착장에서 수영을 하거나 늘씬한 몸매를 자랑하며 선탠을 즐기고 있다. 섬은 그 생김새가 빼어나기도 하지만 그보다는 15세기에 지어진 성모 마리아 교회, 일명 성모

승천 성당으로 인해 더욱 유명해졌다.

슬로베니아 전통적인 결혼식에서는 신랑이 신부를 안은 채로 99계단을 올라서 성당에 있는 '소원의 종'을 울리면 혼례가 이루어지는 한 편의 드라마 같은 풍습이 있다. 지구상에서 가장 로맨틱스러운 혼례를 치르기 위해 유럽 각지에서 많은 연인들이 이곳을 찾는다고 한다. 세계의 숱한 연인들을 유혹하기에 부족함이 전혀 없는 풍경이다.

성모 승천 교회 내부는 1470년에 제작된 고딕 양식의 프레스코화로 장식

되어 있으며, 아름다운 바로크 양식의 가구들이 보존되어 있다. 성당 안은 여행객들이 성모 승천 성당의 명물인 '소원의 종'을 쳐보려고 기다리고 있다. 종이 울리면 그 사람의 소원이 이루어진다는 기대감으로 순서를 기다리는 지루함까지도 잊어버린 모양이다. 이 줄은 힘이 능사가 아니고 오히려 조금씩 반동을 주면서 천천히 잡아당겨야 된다. 그러면 신기하게도 맑은 종소리가 종루 꼭대기에서 블레드 호수를 향해 울려 퍼진다.

종에 얽힌 이야기가 하나 전해온다. 성주의 젊은 과부인 플록세나는 사재를 털어 만든 종을 성당에 매달려고 나룻배를 타고 가던 중 풍랑을 만나 종과 사공이 호수 바닥에 수장된다. 모든 것을 포기한 플록세나는 로마에 가서 수녀가 된다. 이 이야기를 들은 교황이 종을 달았는데 그때부터 '소원의 종'이 되었다고 한다. 그 뒤로 소원이 있든 없든 블레드에 오면 누구든지 종을 쳐볼 요량으로 찾아가는 곳이 되었다.

동알프스에서 가장 높은 트리글라브산은 구름이 정상을 가리고 있다. 슬라브 신화에 등장하는 신(神)인 트리글라브에서 이름이 유래되었다는 이 산은 슬로베니아의 상징으로 여겨지고 있으며, 슬로베니아의 국기와 국장, 그리고 50센트짜리 동전에까지 사용되고 있다.

집사람과 함께 블레드섬 산책길을 따라 돈다. 한 바퀴 도는데 느긋한 걸음으로도 30분이면 족하다. 30분 동안 숱한 상념들이 호숫가에 부는 바람처럼 스쳐 지나간다. 살면서 너무나 자주, 너무나 쉽게 잊고 살았던 것들을 떠 올려본다. 가족, 친구, 동료, 그리고 삶의 일상. 잊고 살았던 기본적인 것들이 가장 의미 있고 멋진 일임을 섬을 돌면서 깨닫는다.

바로 돈오돈수(頓悟頓修)던가. 그런데 깨달으면 무엇하리. 금방 잊게 되는데….

우리는 모두 각기 다른 우주라서 저마다 외롭고 외로울 뿐이다. 어느 순간 블레드 푸른 하늘에 나타나 흐르다가 소멸되는 하얀 구름 같은 우리들의 생(生), 그 길목에서 하루를 보낸 블레드의 여정이 먼 훗날 어떤 의미로 남을 것인지.

# 알함브라(Alhambra) 궁전의 추억

고등학교 때 클래식기타 연주회에 갔다가 한 여고생이 '알함브라 궁전의 추억'을 트레몰로 주법으로 기타 연주하는 모습을 보고 문화적 충격의 무아지경에 빠졌던 추억이 떠오른다. 당시 기타가 토해내는 구슬프고 애절한 선율에 거의 넋을 잃을 뻔했던 추억은 반세기가 지난 지금도 생생하다.

그때부터 알함브라 궁전에 대한 막연한 환상과 기대는 수십 년 동안 뇌리에 깊이 박혀있었다. 지금도 이 곡이 흘러나오면 꿈결에 젖어 안달루시아의 풍경 속을 헤맨다.

예로부터 석류가 많이 생산되어 '석류'라는 뜻을 지닌 그라나다는 에스파냐 남부 안달루시아 지방의 험준한 산악지역 시에라네바다 산맥 북쪽에 위치한다.

산악지대인 그라나다는 척박한 땅이다. 1236년 이슬람 무어족이 나스르 왕조를 세운 후 1492년 레콩키스타(Reconquista 국토회복운동), 즉 이베리아반도에서 기독교도에 의해 이슬람 세력이 축출된 해까지 256년을 버틴 곳이다.

어느 아랍 시인은 '그라나다는 에메랄드같이 빛나는 오리엔트 산 진주' 라

고 노래했다. 그라나다에는 이슬람 왕조의 왕궁이자 요새였던 알함브라 궁전이 있기 때문이다.

알바이신 언덕에 서니 알함브라 궁전이 한눈에 들어온다. 얼마 전 우리나라 방송사에서 똑같은 제목으로 방영된 드라마 때문에 요즘 다시 관심을 끄는 관광지이기도 하다.

'붉은 성'이라는 뜻의 알함브라 궁전은 에스파냐의 마지막 이슬람왕조인 나스르왕조의 무하마드 1세 알 갈리브가 13세기 후반에 건축하기 시작하여 여러 해 동안 증축과 개수를 거쳐 완성되었으며, 성채인 알카사바, 나스르궁, 카를로스5세 궁, 헤네랄리페 정원 등 4개로 구성되어 있다.

왕궁 정문을 들어서면 헤네랄리페Generalife 정원이 나온다. 14세기 초에 조성되었으며, 왕의 여름 별궁이다. 꽃향기가 전달되는 높이까지 계산해서 디자인했다는 그 정원에서 아름다운 알바이신을 바라보고 있으니 잔잔한 감동이 밀려온다.

이곳은 왕궁의 하렘harem으로 왕 이외에는 여자와 환관만이 출입할 수 있었다고 한다. 대리석 기둥 124개와 기둥 윗면 장식, 그리고 마당 가운데 분수가 보태어 만들어낸 전체 모습은 가히 환상적이다. 세로형 정원의 중앙에 수로를 설치하고 좌우로 분수를 두었고 주위에는 정성껏 가꾼 꽃과 담쟁이덩굴이 만발해 있다. 물과 정원수가 어우러진 경관은 이슬람 조경의 특징이다.

알바이신의 언덕 위에는 거대한 아랍인 주거지역이 먼저 형성되었고, 그 후에 왕과 귀족들의 거주지로 알함브라 궁전이 만들어졌다. 유네스코 문화유산이기도 한 이 궁전은 아랍 건축물의 걸작으로 평가되는데, 평균 관람시간만 무려 3시간이 걸릴 정도로 넓은 요새이자 많은 귀족들이 살았던 주거지였다.

알함브라 궁전은 사실 건축학적인 가치보다는 높은 지대까지 물을 끌어

사용했던 아랍인들의 치수의 지혜, 즉 발달한 관개기술이 돋보이는 곳이다. 지금도 풍부한 수량을 자랑하는 궁전 곳곳의 분수와 샘, 연못은 이슬람 세력이 마지막까지 버틸 수 있었던 이유이기도 했다.

성채인 알카사바는 그라나다를 한눈에 바라볼 수 있는 구릉 위에 세워진 성보(城堡)인데, 알함브라 궁전의 영광과 오욕을 모두 겪은 곳이다. 전망대인 벨라탑에 서면 시에라네바다의 눈 덮인 연봉이 보인다. 멀찌감치 계곡 건너편에는 알바이신 지구 사크로몬테 언덕의 집들이 하얀 띠를 이루고 있다. 바로 이 장면까지 보태어 알함브라 궁전은 아름다움의 극치를 이룬다.

스페인에서 가장 로맨틱한 건축물인 나스르궁은 워낙 관람객이 많아 사전에 예약된 정해진 인원만 시간대별로 입장시킨다. 나스르궁에는 대리석, 타일, 채색 옻칠로 이루어진 아름다운 장식의 방이 2개의 커다란 파티오(中庭)를 중심으로 구성되었다.

카톨릭 정복자들은 알함브라 궁전의 이슬람 서적은 모두 불태웠으나 궁

전만큼은 너무 아름다워 파괴하지 않았다고 한다.

코마레스궁은 정원 연못에 비친 탑의 반영이 인도의 타지마할과 흡사한데, 실제로 타지마할의 모티브가 되었다고 한다. 사각형의 연못을 따라 한쪽은 공식적인 알현 장소인 '대사(大使)의 방'으로 연결된다. 패자인 보아브딜왕과 승자인 이사벨 여왕 사이에 그라나다를 양도하는 조인식이 열린 곳이기도 하다.

무하마드 5세가 만든 사자의 파티오가 있는 라이언궁은 8두의 사자가 받치고 있는 분수반을 중앙에 두고 촘촘히 선 문주의 회랑으로 둘러싸여 있고, 천장과 벽면은 아라베스크의 아름다움으로 알려진 '두 자매의 방'을 비롯해 주위의 여러 방들과 함께 매력이 넘친다. 왕의 후궁들이 기거했던 하렘이 있다.

돔이 멋진 아벤세라헤스방에는 끔찍한 사연이 담겨있다. 자신의 왕비가 아벤세라헤스 가문의 남자와 밀통한 것을 알게 된 그라나다의 마지막 왕 브외브딜이 아벤세라헤스 가문의 남자 36명에게 연회를 베푼다며 이곳에 초대한 후 이들을 모두 죽이는 바람에 이들이 흘린 피가 수로를 타고 파티오로 흘러가 분수대 사자의 입에서 피가 뿜어져 나왔다고 한다.

질투에 눈이 멀어 저지른 한 인간의 잔인함, 과연 그 끝은 어디인가. 술탄이 살았던 궁 내부는 다양한 모자이크로 장식되어 있으며, 변화가 많은 아치, 섬세한 기둥, 벽면 장식, 종유석 천장 등 모두가 정교하고 치밀한 아라베스크 문양으로 치장하여 이슬람 미술의 정점을 이루고 있다.

역사학자들은 로마가 패망한 후 유럽에서는 예술 분야가 잠시 휴식기에 든 동안 이슬람 무어족들이 유럽에 진출하여 건축과 예술 분야에서 유럽 대륙에 한 줄기 빛을 비추는 바람에 르네상스 운동에 불을 지핀 동기가 되었다고 평가하고 있다.

이베리아반도의 마지막 이슬람 왕국으로 남아 있던 그라나다는 왕족과 귀족들 간 내분이 심화되어 쇠퇴하기 시작하였고, 기독교 왕국인 아라곤의 페르난도 2세와 카스티야 왕국의 이사벨이 결혼하면서 더욱 강력한 기독교 왕국으로 합병되었다. 마침내 1492년 그라나다는 페르난도 2세에 의해 점령되면서 이베리아반도에서 마지막 남은 이슬람 문명은 사라지게 되었다.

보아브딜 왕은 "그라나다를 잃는 것보다 알함브라 궁전을 잃는 것이 더 가슴 아프다."라는 말을 남기고 북아프리카로 떠난다. 신하들을 이끌고 궁을 나온 보아브딜 왕은 시에라네바다 산맥을 넘기 전에 뒤돌아서 이 아름다운 궁을 다시 바라본다.

햇빛에 빛나는 궁은 오늘따라 눈이 시릴 정도로 더욱 아름답다. 궁의 마지막 모습을 가슴깊이 간직하려고 한참을 바라보는 왕의 눈에서 마침내 눈물이 흐른다.

남의 땅 이베리아반도에 들어와 멋진 성을 쌓고 주인으로 살아왔던 800

년. 패망하기 전 6만 명이 거주하던 대도시. 이제 기운이 다한 땅 위의 '붉은 성'은 석양에 물들어간다.

알바이신 언덕에 서서 석양에 물들어가는 이슬람 건축의 백미 알함브라 궁전을 바라본다. 이베리아반도 최후의 이슬람 왕이 떠난 알함브라 궁전은 이슬람 문화의 찬연함을 간직한 채 홀로 오롯이 남게 되어 애절한 추억에 가슴이 먹먹해 온다.

잔잔한 달빛이 비치는 언덕 위 공터에서는 길거리 악사가 스페인을 대표하는 작곡가이자 기타 연주가인 타레가의 '알함브라 궁전의 추억'을 기타로 연주하고 있다.

실연의 상처를 안고 알함브라 궁전을 찾은 타레가는 달빛이 드리워진 궁전의 아름다움을 보고 자신의 사랑을 떠올리며 이 곡을 작곡했다고 한다. 애잔한 분위기와 낭만적인 멜로디는 알함브라 궁전의 정서와 어찌 이리도 잘 어울리는지.

이베리아반도 무어인의 마지막 왕 보아브딜의 눈물은 '알함브라 궁전의 추억' 선율에 맞춰 오늘도 자신이 사랑했던 라이온 궁의 분수대에서 낙숫물 되어 떨어지고 있다.

# 노르웨이 트롤퉁가,
## 그 끝에 서다

2013년쯤인가 우연히 유튜브를 통해 동영상 하나를 보자마자 그냥 심장이 벌렁대기 시작한다. 길게 혀처럼 쑥 빠져나온 700m 바위 끝에 맨손으로 달랑 매달려있는 어떤 남자의 모습을 보고 '무섭고 충격적이다.'는 느낌보다 '신선하고 파격적이다.'는 생각을 하게 되고, 바로 인터넷 검색에 들어간다. 그리고는 가슴 속 버킷 리스트에 담는다.

기다려라. 트롤Troll! 네 혀끝에 서는 그날까지….

'트롤'은 도깨비 형상을 한 노르웨이의 요정이다. '퉁가'는 혀를 의미한다. 그래서 트롤퉁가는 '악마의 혀'로 불린다. 이곳은 아무 생각 없이 쉽게 뒷동산 올라가듯이 갈 수 없는 곳이다. 왕복 22km에 10~12시간이 걸리는 여정이다. 무엇보다 조건이 까다로운 것은 눈 때문에 6~9월 사이에만 갈 수 있다는 사실이다. 10~5월 사이에는 등산로에 꽂혀있는 길이 2m 이상 되는 나무 막대가 보이지 않을 정도로 눈이 많이 온다. 그나마 가이드 없이 갈 수 있는 시기는 7, 8월 두 달 뿐이다. 5, 9월 두 달은 유료 가이드를 동행해야 올라갈 수 있다. 그리고 올라가서 먹을 식사와 간식도 챙겨야 한다. 단, 물은 필요 없다. 빙하 녹은 물이 중간중간에 지천으로 널려있기 때문이다.

노르웨이 시골 마을 오따에서 하루를 묵은 우리 일행은 아침 일찍 차로 20분 정도 달려 트롤퉁가 주차장인 스케르달에 도착한다. 이른 아침인데도 위쪽 주차장은 만원이다. 할 수 없이 제일 아래 주차장에 주차한다. 여기서 제일 위 주차장까지는 2km를 걸어서 가야 한다. 그러면 왕복 26km를 걸어야 한다. 계획보다 4km를 더 걷게 되어 입이 나온 일행들을 다독거린 후 원기 넘치게 파이팅을 외치고 출발한다.

1시간 정도 대관령 고갯길 같은 꼬불꼬불한 산길을 지루하게 오른다. 높은 곳이라 그런지 큰 나무가 보이지 않고 마치 외계 행성 같은 황량한 벌판 사이에 난 길을 계속해서 걷는다. 4km 지점에 도착하니 표시판에 '1시 이후에 도착하면 돌아가시오.' 라고 적혀 있다. 한라산 진달래대피소에 있는 표시판과 어찌 내용이 이리 같을까. 이 시간대에 이곳을 지나며 표시판을 보는 사람들 심정은 한라산을 등반해 본 사람이라면 모두 다 안다. 우리는 일찍 출발해서 시간이 넉넉한데도 이 표지판을 본 순간 본능적으로 발걸음이 빨라지기 시작한다.

트레킹 중에 갈증이 별로 없는데도 길가에 고여 있는 빙하 녹은 물을 수시로 마신다. 언제 또 수 년 전 태고의 순수 그 자체인 빙하수를 마실 수 있단 말인가. 3시간쯤 트레킹을 계속하자 발아래로 멋진 호수가 나타난다. 발전용으로 만든 인공 댐 링게달 호수다. 위에서 보니 마치 노르웨이를 상징하는 피오르드 같다. 오늘 우리 남정네들이 땀 흘리며 10시간 이상을 트레킹 하는 동안에 마누라들은 저 호수에서 유람선을 타며 희희낙락한다. 진정 누가 행복한 사람들인지는 잠시 후 트롤퉁가를 만나는 순간 결판이 난다.

링게달 호수가 내려다보이는 전망대 바위 위에서 영국에서 온 한 무리의

젊은 남녀 대학생들과 점심을 같이 먹는다. 이 학생들은 어제 이곳에 도착해서 주차장 위쪽에 텐트를 치고 밤을 보냈다고 한다. 자유롭고 호기로운 이들의 청춘이 부럽다. 같은 시절이 있었건만 아르바이트해서 학비와 용돈 버느라 아등바등하다 보니 청춘은 어느새 우리와 작별하고 말았었지. 한국 라면을 자랑하기 위해 맛만 보여 준 컵라면을 이 친구들이 몽땅 접수하는 바람에 말라빠진 빵조각만 씹게 된다. 그런데 사진 전공하는 학생 하나가 트롤퉁가 바위 위에서 우리 인증샷을 작품 수준으로 찍어서 메일로 보내주는 바람에 라면값을 몇 배로 돌려받게 된다.

트레킹을 시작한 지 거의 5시간 만에 오늘의 목적지인 해발 1200m의 트롤퉁가에 도착한다. 바위 위쪽에 오르기 위해서는 철근으로 만든 사다리를 타고 내려가서 기다려야 하는데 전 세계에서 온 50여 명의 사람들이 인증샷을 찍기 위해 줄을 서서 대기하고 있다. 기다리는 게 뭐 대수인가. 자기 차례까지 한참을 기다려야 하지만 바위 위에서 인증샷 찍고 있는 사람의 동작 하나하나에 환호하며 박수를 치고 있다. 이곳에 온 모두가 국적과 인종, 남녀노소를 불문하고 서로 즐기고 있다.

드디어 내 차례다. 사실 출발 전 인증샷 준비를 많이 했다. 물구나무서기, 바위 끝에 걸터앉기, 가부좌 틀기, 점프 샷… 바위 가운데에서 가부좌는 한 방에, 점프 샷은 서너 차례 시도한 끝에 OK 사인이 떨어진다. 여기저기 박수 소리가 터져 나온다. 그런데 바위 끝에 걸터앉기에 도전하기 위해 바위 끝으로 다가서니 700m 아래 아찔한 절벽 너머로 깊고 푸른 호수가 삼킬 듯이 다가온다. 두 다리가 사정없이 떨리고 오금이 저려온다. 순간 2015년 호주 여학생이 여기서 셀카 찍다가 떨어져 사망한 사건이 불현듯 떠올라 짧은 망설임 끝에 과감하게 돌아선다. 절반의 성공. 하지만 즐겁고 행복하다.

내 인생에서 또 하나의 버킷 리스트가 실현되는 순간이다.

※ 본문의 삽화는 카툰캠퍼스에서 고구마 선생님(본명 이대호)으로부터 6개월간 만화를 배운 후 그린 어설픈 작품이다.

# 시베리아의 푸른 눈동자,
# 바이칼호수와 나를 찾아 떠난 여행

— 1부 —

문학가를 꿈꾸던 고등학생 시절, 이광수의 '유정(有情)'을 읽고 소소한 연애사보다 주인공 최석이 친구 N에게 보낸 편지 속 바이칼 호수의 신비스러운 모습만 상상하면서 늘 그리워했다. 또 시인 백석(白石)의 시 '북방에서'는 잃어버린 북방민족의 향수를 자극하니 이는 피가 끓는 청년의 불난 가슴에 기름을 들이부은 격이 된다. 춘원을 따라 톨스토이를 좋아하여 '전쟁과 평화'를 읽고 갖게 된 동토의 땅 시베리아에 대한 막연한 환상들. 이런 감정들은 얽히고설켜 바이칼에 대한 향수는 세계 최고 수심을 지닌 바이칼 호수의 심연만큼 깊어만 간다.

세계지도를 펼치면 시베리아 벌판 한가운데에 서늘한 푸른색으로 길게 뻗은 바이칼호수를 보면서 파란 눈의 여인이 고혹적인 눈을 살짝 감았다가 뜨는 순간을 닮았다는 생각을 한 적이 있다. 바로 '푸른 눈동자의 바이칼'이다. 바이칼 앞에는 '가장'이라는 수식어가 많이 붙는다. 가장 깊고, 가장 푸르고, 가장 차갑고, 가장 담수량이 많고, 가장 오래된 호수다.

336개의 강에서 바이칼로 흘러들어온 호숫물은 단 하나의 앙가라강을 통해 리스크비양카와 이츠쿠르츠를 지나 예니세이강으로, 그리고 북극해로 들어간다.

　바이칼의 도시 이르쿠츠크는 이곳으로 유배 온 120여 명의 데카브리스트(12월 당원)들이 만든 도시다. 프랑스 파리까지 진군한 러시아 청년귀족장교들이 서유럽의 자유분방한 선진문화와 진보된 시민의식에 큰 충격을 받고 러시아로 돌아와 농노를 해방하고 왕정을 전복시킬 계획으로 1825년 12월 상트페테르부르크에서 쿠데타를 일으키지만 실패하게 되고, 사람이 살수 없는 동토의 땅인 이곳으로 유배를 오게 된다. '전쟁과 평화'에 나오는 발콘스키 백작은 실존 인물로 쿠데타 주동자인데, 수형 생활이 끝나자 모스크바로 돌아가지 않고 여기에서 데카브리스트들과 함께 브라트족의 도시 발전을 위해 헌신하면서 여생을 마친다. 그의 저택은 현재 박물관으로 사용되고 있다.

이르쿠츠크에서 290km 거리인 바이칼호수의 알혼섬을 향해 출발한다. 서울은 38도의 염천이지만 이곳은 초가을 날씨다. 시내를 벗어나자 광활한 초원의 스텝지대가 시작된다. 바이칼로 가는 길은 뜨거운 태양 아래 자작나무로 만든 러시아 전통 목조 가옥, 자유방임형 소떼가 노니는 끝없는 초지가 끝나면 어김없이 나타나는 짙은 타이가 숲, 분홍색 이반차이 야생화가 끊임없이 펼쳐진다. 이런 환상적 파노라마가 4시간 동안 수없이 반복되어도 지루하지 않다.

버스는 타이가 숲을 헤치고 질주한다. 백석의 시 '북방에서' 중 '나는 그때 자작나무와 이깔나무의 슬퍼하는 것을 기억한다.' 라는 시구는 과거 북방민족으로서의 향수를 자극한다. 우리는 왜 이 나무들을 버려두고 떠났을까? 지금 이 자리에서 비로소 시에 담긴 백석의 심경을 이해한다. 샤먼의 제사의식에 사용되는 바이칼의 자작나무는 땅과 하늘의 매개체다. 우윳빛 살갗 위에 상처처럼 난 거뭇거뭇한 속살은 신께 나약한 인간을 구원해 주십사하

는 증표로 느껴진다.

드디어 지구의 태반인 바이칼호수에 도착한다. 바이bai는 풍요, 갈gal은 바다를 의미한다. 부두에서 바지선을 타고 숱한 인종들에 섞여서 바이칼을 건너 알혼섬으로 들어간다. 뱃삯은 내·외국인 구분 없이 모두 무료다.

2,500만 년 나이를 먹은 바이칼은 세계문화유산으로 남한의 1/3 크기다. 남북 636km, 둘레 2,200km, 최고수심 1,742m, 지구 담수의 20%를 지니고 있다. 여행이 끝나기 전까지 과연 이곳에 서식하는 물범 네르파를 볼 수 있을까. 6만 마리로 추정되는데 갈수록 개체 수가 감소하고 있다. 호수는 12월부터 결빙하면 5월까지 얼어있어 배는 운항하지 못하고 10인승 4WD 우아직이 여행객을 나른다. 약 10분 남짓 걸려 제주도 절반 크기의 알혼섬에 도착한다.

알혼은 브라트어로 '나무가 별로 없다'는 말이다. 그래서 섬에는 나무가 별로 없다. 부두에서 후지르 마을로 가는 비포장 도로 길을 우아직이 먼지를 일으키며 신나게 달린다. 구릉길을 달리는 알혼섬의 전천후 교통수단 4륜구동 우아직은 놀이공원 청룡열차다. 광활한 초원을 가로지르며 거침없이 달리는 우아직은 군용 차량을 개조한 것이다.

후지르 마을은 섬에서 가장 큰 마을이다. 근처에 지구상에서 영기가 가장 센 곳, 샤머니즘의 성지 부르한 바위가 있어 섬에 오는 모든 사람들이 반드시 들리는 마을이다. 부르한 바위로 가는 길이 험하지만 고운님 만나려면 힘들고 더디게 찾아가야 그리움이 깊어지는 법이다.

도로 좌우 허허벌판에는 우리들에게 나지막이 '본향을 찾아 잘 왔노라' 속삭여주는 들꽃들이 있어 길은 외롭지 않다. 약 50분 만에 섬에서 가장 큰 후지르마을 근교의 숙소에 도착한다. 호텔 이름이 '바이칼로프 오스트록', 이름에 걸맞게 요새처럼 지은 '바이칼 통나무집 요새'다.

요새 안의 통나무 오두막에 짐을 풀자마자 우아직을 타고 근처에 있는 후

지르 마을로 달려간다. 인구 2,500명의 후지르마을은 브라트족 마을이다. 브라트족은 몽골계인데 몽고점, 탯줄을 문지방 밑에 묻는 풍습, 강강술래 춤, 선녀와 나무꾼과 심청전의 임당수 유사한 설화 등 7천리나 떨어진 우리 와 유사한 생활 습관이나 문화가 많다. 마을에서 걸어서 호숫가를 향해 걸 어가면 언덕 위에 우리의 솟대를 닮은 13개 세르게가 힘차게 펄럭이고 있 다. 바이칼의 여러 강신들을 모시는 성소다. 우리나라 성황당 나무에 천 조 각을 매달고 가족과 동네의 무사평안을 비는 의미와 같다.

언덕을 내려서면 호숫가에 영기서린 바위, 샤머니즘의 성지, 세상의 중 심, 브라트족 성소, 몽골, 티벳, 탕구트족 발원지, 징기스칸이 묻힌 곳. 바로 부르한 바위가 있다. 브라트족은 선조인 징키스칸이 묻혀 있다하여 바위 위 에 절대 올라가지 않는다.

부르한은 하느님, 부처님을 의미하는데, 최남선은 '불함문화론'에서 불함 은 부르한을 의미하고, 우리 민족의 시원(始原)을 부르한 바위로 규정하고

있다.

　바이칼 호수에 손을 담그면 3년, 발은 5년, 몸은 40년 젊어진다고 하는데, 한여름이지만 물이 너무 차서 수영하는 사람을 볼 수 없다. 부르한 바위 언덕은 야생화 천국이다. 가는 꽃대로 바람에 흔들리면서 벌판을 지키는 작은 풀꽃들. 뽀송뽀송한 야생화가 솜이불처럼 나그네 마음을 덮어 준다.

　숙소로 돌아와 러시아식 사우나 반야를 즐긴다. 자작나무로 만든 오두막에서 자작나무로 달구진 돌에 물을 뿌리면 나오는 증기를 쐬는데, 이때 자작나무 잎이 달린 가지로 벗은 몸을 가볍게 쳐준다. 뜨거운 열기에 견디기 힘들면 바로 앞 바이칼 호수에서 길러온 차가운 물로 몸을 식힌다. 몇 번 반복하니 여독은 금새 사라진다.

　반야 후 호반에 나가니 날씨가 쌀쌀하다. 재킷을 걸치고 바이칼의 낙조를 감상한다. 지금은 '나를 찾는 시간'이다. 차가운 호수에 들어가 발을 담근

다. 마음도 담근다. 비로소 그동안 잊고 살았던 북방민족의 DNA를 되찾는 기분이다. 소설가 김종록은 '바이칼은 내 영혼의 피정지이며 거룩한 자궁이다.'라고 말했다.

이곳을 피정지로 찾은 춘원과 백석처럼 나도 이곳에서 한민족의 향수를 느껴본다. 해가 장엄하게 수평선을 물들이는 시간, 출렁이는 바이칼 물결이 잠잠해지니 억겁의 시간이 멈춘 듯 고요하다. 자연의 경이로움을 실감한다. 호수 깊이만큼 신비에 싸여 막연한 동경과 가슴속 깊은 본향을 느낀다. 마지막을 불사르며 소멸해가는 바이칼의 해는 처절하리만큼 아름답다.

# 시베리아의 푸른 눈동자,
# 바이칼호수와 나를 찾아 떠난 여행

— 2부 —

새벽에 알혼섬 후지르마을 호숫가를 산책하면서 바이칼의 감춰진 어두운 이면을 보게 된다. 과거 어촌이었던 마을 포구에는 녹슨 어선들이 황량한 모습을 하고 호수가 아닌 모래 위에 정박해 있다. 알혼섬 주민들의 주업은 고기잡이와 목축이다. 바이칼에서만 잡히는 연어과 민물 생선인 오물을 남획하는 바람에 어획량이 크게 줄어 어선들은 출어를 포기하고, 관광 숙박업소들이 속속 들어서는 바람에 바이칼의 자연환경이 훼손되고 있어 안타까움이 크다.

오늘은 소설 '유정(有情)'에 나오는 바이칼 호수 서쪽 리스키비얀카로 간다. 여기는 바이칼의 호숫물이 빠져나가는 유일한 통로 앙가라강이 시작되는 곳이기도 하다.

친구 딸 정임과의 염문으로 사회와 가족으로부터 버림받은 최석은 세상과 동떨어진 바이칼 서쪽 호수의 브라트족 집에서 은둔 생활을 시작한다. 유일한 친구 N에게 보낸 편지에서 '브라트족 주인 노파는 잠들고, 달빛 실은 바이칼 물결이 어촌 앞 바위를 때리고 있소.'

소설 속 주인공이 갈등과 번민 속에서 살았던 호반의 오두막집은 어디에

있었을까. 이곳 원주민 에벤카족과 브라트족, 그리고 슬라브족이 살았던 자작나무 숲속의 딸지 민속박물관과 강가를 거닐어 본다. 리스트비얀카의 작은 항구에서 유람선을 타고 바이칼호숫가를 1시간이나 돌고, 바이칼호수를 빠져나가는 앙가라강을 볼 수 있는 체르스키 전망대 산정에도 올라 한참을 찾아본다.

깊은 숲속의 호반 식당에서 전통 민속 공연을 보면서 러시아식 전통 꼬치 샤슐릭에 보드카를 몇 잔 마신다. 공연단 손에 이끌려 건네주는 전통 악기로 같이 연주도 해본다. 우리와 외모와 문화가 너무나 흡사한 브라트족 예쁜 처자가 부르는 '카츄사' 노래에 짙은 연민과 향수를 느끼니 가슴은 저며오고, 취기가 크게 오르자 혼자 살며시 식당을 빠져나온다.

최석은 친구 N에게 마지막 편지를 보낸 후 깊은 삼림으로 들어가 오두막을 짓고 살다가 얼마 뒤 병들어 죽는다. 정임은 최석이 막 숨을 거둔 뒤 도착한다. 어둠에 젖어가는 숲속 식당 호숫가를 거닐며 최석의 마지막 오두막

을 찾아본다. 자작나무와 적송이 우거진 저기쯤일까? 숲속을 한참을 헤매었는데 거기에는 최석도, 정임도 없었다. 이곳을 다녀간 춘원이 있었을 뿐이다.

가을 하늘같이 푸르고 맑은 이르쿠츠크 상공을 비행기가 힘차게 날아오른다. 창문 아래에서 에메랄드빛 바이칼 호수가 햇빛에 반짝인다. 고등학생 시절부터 지금까지 마음에 품어왔던 꿈, 환상, 기대, 추억, 향수, 그리고 바닥에 남은 감정의 찌꺼기마저도 노끈에 매달아 호수 아래로 내려보낸다.

안녕 최석! 안녕 백석! 다 스비 다니야 바이칼! 다 스비 다니야 이르쿠츠크!

# 아드리아해의 진주,
## 크로아티아 두브로브니크

지중해와 아드리아해가 만나는 곳. 크로아티아의 두브로브니크는 유럽 인들이 동경하는 최고의 휴양지로 자리매김한다.

일찍이 버나드 쇼는 "진정한 낙원을 원한다면 두브로브니크로 가라"는 말을 남긴 것으로 유명하다. 영국 시인 바이런도 '지구상의 낙원'이라 부른 도시로, 1994년 구시가 전역이 유네스코 지정 세계 문화유산에 등재되었으며, 달마티아 문학의 중심지이기도 하다.

도시는 7세기 무렵에 형성됐고, 해상무역으로 부를 축적하여 지중해에서 그 위상을 떨친다. 13세기에 세워진 철옹성 같은 두꺼운 성벽 덕분에 옛것을 고스란히 보존하는 차단막 역할을 하게 된다.

그러나 아름다운 이 도시는 아픔도 많다. 1667년 대지진 때 스폰자 궁전과 렉터 궁전을 빼놓고 도시가 거의 파괴되었으며, 1808년에는 나폴레옹의 침공을 받았을 뿐 아니라, 1991년 유고 내전 때는 세르비아의 2,000발이 넘는 포탄으로 도시의 80%가 파괴되었다.

항구에는 어마어마하게 큰 두브로브니크 관광 전용 크루즈선이 정박해 있고, 두브로브니크 성곽에는 꽃다발이 걸려있다. 입성하는 여행객에게 바

치는 선물인 셈이다.

　두브로브니크의 최고 명물은 성벽 투어다. 성벽은 총 길이 1,949m로 부지런히 걸으면 한 바퀴 도는데 2시간 정도 걸린다. 꾸불꾸불한 성벽 길을 걷다 보면 구시가와 아드리아해의 아름다운 풍광을 동시에 볼 수 있다.

　보통 서편 필레 게이트에서 성곽 투어를 시작한다. 성곽 투어 입장권은 100쿠나, 우리 돈으로 약 2만 원 정도다.

　성벽에 올라서면 강렬한 태양 아래 하얀색의 대리석 보도 플라차 거리가

빛을 발한다. 두브로브니크 최고 번화가이자 중심가인 플라차 거리는 동서
로 292m이다. 도시가 생긴 7세기경에는 원래 물자를 수송하던 운하였으나
15세기경 바다에서 침입하는 적으로부터 도시를 방어할 목적으로 매립하
여 지금의 중심 도로로 만들었다고 한다.

　유고 내전 때 요새 앞바다에 진주한 세르비아 함대가 함포 사격을 하여
성벽을 비롯한 구시가지 곳곳의 문화유산들과 가옥들이 화염에 휩싸이게
되고 인명 피해도 많이 발생한다. 그 아름다움을 지키려고 당시 유럽의 지
성들이 모여 인간 방어벽을 형성한 곳이기도 하다.

　푸른 빛 사이로 언뜻언뜻 비치는 주황색 태양 빛이 눈을 아프게 한다. 그
날의 아픈 생채기를 감추려는 듯 푸른 아드리아해 내리쬐는 햇살은 유난히
강렬하다.

　성벽을 자세히 보면 보수한 흔적이 역력하다. 모두 유고 내전 때의 상흔
이다. 유네스코를 비롯한 여러 단체의 지원으로 전쟁의 흔적들은 지워졌지
만 사라진 것은 아니다.

소르지산이 보이는 성벽 길을 따라 걸으면 주황빛 지붕 기와 한 장 한 장 마다 지진과 전쟁으로 얼룩진 두브로브니크의 눈물과 아픔이 담겨있다.

성벽 안의 주택 베란다에 걸린 하얀 빨래와 화분에 담긴 꽃이 벽과 어울려 배색이 절묘하다. 성벽 투어를 하면서 성안에 살고 있는 주민들 일상을 자연스럽게 볼 수 있다.

한 여인이 해풍에 머리카락을 휘날리며 누드 비치가 있는 로크룸섬을 바라보고 있다. 영국의 사자왕 리처드왕이 십자군 원정 시 표류한 섬으로 유명하다. 성벽에서 손을 뻗으면 닿을 듯한 거리에 있는 이 섬은 올드 포트에서 배를 타면 10분 거리이다. 나도 그곳에 가고 싶다.

유고 내전 때까지 사용되었던 내포는 포열에 녹이 슨 채로 있다. 이제 아드리아해가 하얀 파도를 일으키며 넘실넘실 웃어준다. 성벽 포도나무 아래서 미풍으로 잠시 땀을 식힌다.

부자 카페는 높은 성벽 안길 중간 지점에 성인 한 사람이 간신히 지나갈 정도 작은 틈새 길을 통해 바다 쪽으로 가야만 접근할 수 있는 암벽 카페다. '부자'는 크로아티아어로 '구멍'이라는 뜻이다. 카페 절벽에는 젊은 청춘들이 눈부신 나신을 드러내고 사랑스럽게 아드리아해를 즐기고 있다.

성벽에서 내려와 구시가지에서 300m 정도 올라가면 소르지산 정상을 오르내리는 케이블카 승차장이 마을 한가운데에 있다.

성벽이 구시가를 조망하기 좋은 곳이라면, 스르지산 전망대는 두브로브니크시 전체를 한눈에 볼 수 있는 곳이다. 맑은 날에는 60km 밖까지 보인다고 한다. 케이블카 이용료는 약 1만 8000원이다.

소르지산은 높이가 412m로, 정상에 서면 두브로브니크의 경치를 한눈에 감상할 수 있는 최고의 뷰포인트이다. 크로아티아 블루Croatia blue! 눈이 시리도록 푸른 바다가 펼쳐진다. 가슴이 뻥 뚫린다.

정상에는 1808년 나폴레옹이 정복 기념으로 세운 십자가가 우뚝 서 있

다. 지진도, 폭격도 피해갔다는 질긴 운명의 십자가이다.

전망대가 있는 파노라믹 뷰 레스토랑에서 파는 맥주는 1병에 10유로로 너무 비싸다는 이야기를 듣고 물가가 싼 근처 국경도시 보스니아 네움 슈퍼에서 미리 사 온 캔 맥주를 마시며 두브로브니크 구시가지와 아드리아해의 풍광을 마음껏 즐긴다. 바다에서 청량한 미풍까지 불어주니 힘든 여정의 피로가 순식간에 사라진다.

전망대에서 바라본 소르지산 정상 뒤쪽은 대평원이 펼쳐져 있고 하얀 돌산이 이어져 거대한 장벽을 이루고 있는데 차량을 이용해서도 산 정상까지 올라올 수 있다. 1991년 유고 내전 때 산 뒤쪽을 통해 소르지산을 점령한 세르비아군은 무방비 상태에 있는 산 아래 구시가지 쪽을 향해 탱크로 포격을 하여 많은 인명을 살상하고 중세 건축물을 파괴하는 만행을 저지른다. 성벽 앞바다에서도 세르비아 함정이 함포 사격하여 성벽을 포함한 전체 시가지의 70%가 파괴되는 참극이 벌어진다. 내전의 아픔이 있음에도 불구하고 너무나도 아름다웠기에 유럽인들의 지원을 받아 빠르게 복구된 이 도시

는 진정한 낙원으로 다시 돌아오게 된다.

　석양에 물들어가는 아드리아해에서 들려오는 해조음과 온몸을 감싸고도는 소르지산의 달빛에 매혹되어 나그네는 쉽게 산에서 내려오지 못한다.

　이름만 들어도 가슴이 덜컥 내려앉는 곳.
　가슴에 두고서도 차마 그립다 말하는 것조차 쉽지 않은 곳.
　남들이 세상에서 가장 아름답다고 말하는 도시.
　반짝이는 돌의 노래가 그칠 줄 모르는 곳.

　빨간색과 노란색이 잘 배합되어 만들어진 주황색으로 이루어진 곳. 이 땅의 포근함과 해 질 무렵의 아늑함, 그리고 타오르는 촛불의 고요한 이미지가 존재하는 곳. 마음속 생채기가 있어 진정 삶이 무엇인지를 아는 사람과 닮은 도시.

케이블카를 타고 구시가지로 내려오면서 눈부시고 벅찬 감동을 안겨준 이 도시와 아쉬운 작별 인사를 나눈다.

바디모 세 Vidimo se 두브로브니크! 나 언젠가 이곳에 다시 오리라.

여행이란
일상에서 벗어나 나를 찾고
다시 일상으로 돌아갈 힘을 얻는 것.

# #섬기행

피안의 섬, 소매물도 등대섬 가는 길
한 떨기 연꽃 같은 통영 연화도
죽향이 춤추는 섬, 오곡도
선유도, 그곳에 가면 신선을 만날 수 있을까
아름다운 섬 장사도에 숨겨진 이야기

# 피안의 섬,
# 소매물도 등대섬 가는 길

인류학자 레비스트로스는 '여행은 꿈같은 약속이 든 마법의 상자'라고 했다. 6월 초 '마법의 상자'에서 나와 '꿈같은 약속'을 실현하기 위해 미항 통영으로 달려간다. 서울을 벗어나자 소경의 눈뜸처럼 모든 것이 새롭다. 모처럼 맑고 화창한 날씨가 신경세포를 자극하여 약간 들뜬 분위기다.

한려수도 남해의 아름다운 항구도시 통영. 문화와 예술의 향기 은은하게 펼쳐지는 육지와 더불어 통영 바다에 뿌려진 보석 같은 섬들이 반짝이는 고장. 그가 품은 수많은 섬 중 기암절벽과 등대섬, 그리고 '신비의 바닷길'이 펼쳐지는 소매물도로 떠난다. 어느 날의 동화 속 섬을 찾아서.

거제 저구항에는 소매물도행 선박이 우리 일행을 기다리고 있다. 갈매기와 하나 되는 순간, 자연과의 친화력이 사람을 더욱 사람답게 만든다. 거제 저구항을 출발한 지 50분 만에 소매물도항에 도착한다. 섬에는 차가 들어갈 수 없어 두 다리로 걸어야만 섬 곳곳을 돌아볼 수 있다. 썰물 때는 소매물도의 몽돌밭으로 모세의 바닷길이 열려 등대섬까지 걸어서 들어갈 수 있는데 하얀 등대가 서 있는 등대섬의 전경을 바라보는 것은 소매물도 여행의 백미라고 할 수 있다. 특히 '소매물도에서 바라본 등대섬'은 '통영 8경' 중 최

고의 비경이다.

등대섬 트레킹은 총 3.6km로 3시간이면 넉넉하게 원점회귀 할 수 있는 코스다. 약간 가파른 언덕에 펜션과 식당들이 옹기종기 모여 있는 부둣가를 지나 트레킹 이정표가 있는 곳에서 좌측으로 방향을 잡으면서 트레킹이 시작된다. 섬의 허리를 따라 난 바닷가 산길을 약 40여 분 굽어 돌아가면 산길이 끝나는 곳에 심연보다 깊고 푸른 다도해가 산객을 기다리고 있다.

폐교가 있는 언덕에서 땀을 잠시 식히고 아래로 내려서면 등대섬이 눈 앞에 펼쳐진다. 등대 왼쪽으로 옛날 중국 진나라 시황제의 신하 서불이 불로초를 구하러 가던 중 그 아름다움에 반해 '서불과차(徐市過此)'라고 새겨놓은 글씽이굴이 있으며, 등대섬의 랜드마크 병풍바위가 보인다. 그뿐이랴. 아래로 더 내려가면 소매물도와 등대섬을 잇는 열목개 자갈길도 곧 나타나겠지. 산으로 올라오는 해풍이 이마를 스치자 몸에 밴 땀과 함께 일순간 마

음속의 삼독도 사라진다. 해수 관세음보살의 공덕이런가.

　매물도는 대매물도와 소매물도, 그리고 등대섬 이렇게 세 개의 섬으로 이루어진다. 이 중 소매물도와 등대섬은 사이좋게 마주해 하루에 두어 번 바다 위에 길을 내어 만난다. 바다 한가운데 자리해 서로 의지하듯 마주한 두 섬은 거센 파도와 바람이 그려놓은 암벽들 덕분에 빼어난 풍광을 자랑한다.

　CF에도 자주 나온 소매물도에서 등대섬 가는 길은 '동화 속의 섬' 만은 아니다. 완급과 오르내림이 반복되는 몇 구비의 고갯길을 거쳐야 갈 수 있는 피안의 세계다. 소매물도와 등대섬은 원래 80m쯤 떨어져 있는데 하루에 두 번 썰물 때면 이 둘 사이에 아담한 '모세의 기적'이 일어난다. '열목개 자갈길'이라고도 불리는 몽돌해변이 바다 위로 모습을 드러내는 것이다. 그래서 배 시간과 물때를 잘 맞추어야 등대섬과 소매물도를 오가는 특별한 경험을 할 수 있다.

　몽돌해변을 지나 등대섬 나무데크를 따라 주위 경관을 두루 살피며 유유
자적 걷다 보면 어느새 힘 안 들이고 등대 위에 올라와 있다. 등대에서 내려
다보면 우측 아래로 명물 촛대바위가 우뚝 솟아있다.

　소매물도, 매물도의 이름은 유래가 어디에서 온 것일까? 조선 초기의 한
자 지명은 '매매도', 후기에는 '매미도'와 '매물도'로 표기했다. 이러한 '매',
'미', '물' 등은 물을 의미하던 옛말이었던 것으로 미루어 '육지로부터 아주
먼 바다에 놓인 섬'이란 뜻풀이가 가장 설득력 있게 들린다.

등대에서 내려오다 보니 관사 아래로 선착장 신축 공사가 한창이다. 공사가 끝나 소매물도를 거치지 않고 등대섬으로 바로 입도하는 관광객이 많아지면 이곳 자연 생태계가 제대로 보전될지 걱정이 앞선다.

포구로 가기 전에 망태봉을 들린다. 망을 보던 봉우리라는 이름에 걸맞게 먼바다까지 시원하게 조망할 수 있다. 소매물도 북쪽 500m 거리에 만형격인 대매물도가 자리 잡고 있고, 남쪽으로는 대마도가 불과 70여㎞ 거리에 있다. 망태봉 정상에 있는 관세역사관은 1970~80년대 남해안 일대의 밀수를 감시하던 곳이다. 이곳 감시초소는 첨단시스템이 도입되면서 폐쇄되었고 지금은 관세역사관으로 자리를 지키고 있다.

섬 모퉁이 휘어질 때마다 저만치서 꿈속에서 보는 풍경처럼 아련하다. 포구 위로 솜털이 촘촘히 박힌 채 움직임 없는 푸른 하늘을 보니 청적(淸寂)이 인다. 다인들이 차를 마실 때 느끼는 최고의 경지가 바로 화경청적(和敬淸寂)이라고 하는데 지금 소매물도 하늘이야말로 바로 청적이 아닐까.

# 한 떨기 연꽃 같은
## 통영 연화도

통영 여객선터미널에서 11시에 연화도로 출항해야 할 배가 30분 늦게 출항한단다. 아침에 걱정했던 대로 통영만 일대가 해무로 가득하여 여객선 운항에 지장이 많은 모양이다.

연화도를 경유해서 욕지까지 가는 욕지행 여객선은 여행객을 가득 싣고 11시 반이 되자 출항한다. 섬으로 떠나는 여정은 늘 뱃전에서의 설렘으로 시작한다. 연화도로 향하는 카페리의 갑판에서는 따가운 햇볕이 부서지는 초여름 바다의 정취를 느낄 수 있다. 여름은 뭍에서도 그렇지만, 바다에서도 눈이 부시게 다가온다.

'욕지(欲知) 두미(頭尾)하거든 문어(問於) 세존(世尊)하라.' 처음과 끝을 알고자 하거든 세존께 물어보라.

선문답 같은 이 글에 등장하는 한자어가 모두 통영 근해의 섬이나 포구의 이름이다. '욕지'와 '두미', '세존'은 통영 앞바다의 섬 이름이고, '문어' 역시 통영 앞바다의 섬 한산도의 포구 이름이다. 호수처럼 고요한 바다 위 징검다리 같은 포구와 섬 이름을 이어붙이니 불가의 선문답 같기도 하고, 한 편의 시 같기도 한 문장이 완성된다.

갑판 위에서 갯내와 해풍을 안주 삼아 막걸리 한잔하는 재미도 쏠쏠하다. 해무 때문에 주위 섬들을 제대로 볼 수 없는 것도 막걸리 한잔으로 위로받는다. 용초도, 비진도, 연대도, 연화도, 욕지도, 상노대도, 하노대도, 두미도, 추도, 사량도, 곤리도, 만지도, 학림도.

섬들은 물길 따라 흐르다가, 한순간 멈칫 서 있다. 그래서 '섬'이라고 이름 붙였을까. 섬과 섬 사이에는 물이 흐른다. 배가 화살처럼 그 물을 가른다.

통영에서 1시간 걸려 도착한 연화도(蓮花島)는 섬 트레킹에 안성맞춤인 곳이다. 동서로 3.5km, 남북으로 1.5km가량의 작은 섬이지만 해안 풍광이 수려해 통영 8경에 꼽을 정도다. 북쪽에서 볼 때 꽃잎 한 잎 한 잎이 겹으로 싸여 한 떨기 연꽃 같은 섬의 형상 때문에 연화도라는 이름을 얻게 된다.

욕지도와 함께 연화도는 고등어 양식을 많이 하고 있다. 부둣가 간이 천막에는 고등어 양식 사료에 쓰이는 전갱이를 회로 떠서 팔고 있다. 전갱이는 고등어와 같이 지방이 많아 어획 후 선도가 급격히 저하되기 때문에 산지에서만 회로 먹을 수 있다. 자주 먹어본 고등어회보다 더 기름지고 찰지면서 고소한 맛이 입안에 퍼지면서 싱싱한 바다 향이 몸에 밴다.

연화도와 우도를 잇는 우리나라에서 가장 긴 보도교가 작년에 개통되었다. 연화도-반하도-우도 3개 섬을 연결하는 총 길이 309m의 트러스트교는 통영 8경 중 으뜸인 연화도의 용머리 해안과 함께 새로운 관광 명소로 떠오르고 있다.

연화도 트레킹 코스는 본촌마을 서쪽 끝의 산길에서 시작한다. 잘 정비된 계단을 따라 숲으로 접어들면 길이 제법 넓어져 편안하게 걸을 수 있다. 나무계단을 20여 분쯤 걷다가 걸어온 길을 뒤돌아보면 섬 주변의 양식장과 양쪽으로 자그마한 섬들이 한 폭의 그림을 그려놓은 듯하다. 그 풍경에 잠시 넋을 놓다가, 다시 발걸음을 재촉한다. 발아래로 본촌마을 앞 포구와 우도 사이의 잔잔한 바다가 펼쳐진다. 해안선은 올록볼록하게 바다를 향해 얼굴

을 내밀었다가 금세 꼬리를 감춘다.

해안 길은 그림이요, 시요, 감미로운 해조음이다. 파도 소리와 산새 소리
가 번갈아들려 귀가 즐겁고, 갯내음과 숲 내음이 어우러져 코가 상쾌하다.
나무가 우거진 숲을 걷다 보면 땀 식혀주는 그늘이 고맙고, 바다가 보이는
길로 들어서면 시원한 바닷바람이 반갑다. 숲으로 둘러싸인 자그마한 봉우
리 꼭대기의 벤치에 앉으면 연화도 남쪽 망망대해의 조망이 시원하게 펼쳐
진다. 계속 이어지는 주능선의 오르막길을 따라 400m쯤 오르면 연화봉 정
상(212m)에 서게 된다.

'연화(蓮花)'라면 곧 연꽃이다. 연화도 그 이름에서 불교적 이상향을 의미
하는 '연화장(蓮花藏) 세계'를 떠올리는 건 당연한 이치다.

바위들이 쌓여있는 연화봉 정상은 최고의 전망대다. 드디어 바다가 뻥 뚫리는 섬의 산정에 서면 그 시원한 풍광에 잠시 소스라치는 카타르시스를 맛본다. 땀을 흘려 올라간 자들만이 누릴 수 있는 여유와 낭만이다.

섬 동쪽 끝의 '용머리' 일대가 한눈에 들어온다. '용머리'란 이름이 붙은 연유는 분명하다. 섬에 딸린 바위들이 줄지어 늘어선 것이 영락없이 용이 자맥질을 하며 힘차게 나아가는 모습이다. 그걸 바라보는 연화봉은 아마도 용의 등쯤 되겠다. 용의 등에 올라서 섬이 통째로 대양을 향해 헤엄쳐 가는 듯한 모습을 바라보노라면 탄성이 절로 나온다.

정상에서 시작된 지그재그 계단을 따라 내려서면 연화도사와 사명대사께서 수행한 토굴이 나온다. 토굴을 지나 시원한 바닷바람과 함께 능선을 따라 용머리로 가는 길은 환상적인 바다 조망이 계속해서 이어진다.

긴 비탈길이 끝나면 주능선 한가운데 우뚝 솟아있는 5층 석탑이 앞을 막는다. 산길은 계속 주능선을 타고 이어지는데 석탑 옆으로 난 시멘트 포장도로를 따라 남쪽으로 내려서면 보덕암이 나온다. 가파른 연화봉 남쪽 사면에 자리한 이 사찰은 네 바위의 절경을 정면으로 감상할 수 있는 좋은 장소다. 해안 절벽을 크게 돌아 다시 고도가 뚝 떨어진 뒤 도로와 다시 만난다. 하지만 산길은 곧바로 건너편의 봉우리로 올라선다. 길은 점차 험난해지며 바위지대로 올라선다. 경사도 급해지고 좁은 바위 구간의 암릉 지대도 있다. 양옆으로 아찔한 절벽이 형성된 곳에는 계단과 철책이 설치되어 있다.

동두마을 부근의 네 개의 바위섬인 '네바위'를 포함한 이 해안 절벽 지대는 연화도 제일의 절경이다. 용머리와 연결된 남쪽 해안에 금강산 만물상을 연상시키는 화려한 바위 군상이 펼쳐진다.

섬의 등을 타고 걷는 길은 줄곧 바위 벼랑과 바다를 끼고 가는 최고의 코스다. 섬의 좁은 목에서 잠깐 시멘트 포장도로로 내려섰다가 다시 깎아지른 해안벼랑을 끼고 가는 코스로 길은 이어진다. 이쪽의 해안벼랑은 삐죽삐죽

거대하게 솟은 바위들의 형상이 마치 죽순과도 같다 해서 '대바위'란 이름이 붙었다. 한발 한발 벼랑을 따라 이어진 길을 따라가면 점입가경이다. 아들 딸바위, 망부석, 만물상. 이름처럼 기기묘묘한 형상의 거대한 해안 바위들이 줄을 선다.

암릉지대를 지난 산길은 아찔한 절벽 사이로 설치한 출렁다리로 이어진다. 바다와 절벽이 어우러진 아찔한 조망을 즐기며 걸을 수 있는 구름다리다. 긴 다리와 계단을 통과하면 118m 봉우리 정상에 오른다. 이후 산길은 서서히 아래를 향하면서 이내 급경사로 변한다. 동두마을 직전의 도로까지 100m 고도를 지그재그 길로 내려선다. 연화도의 등뼈를 짚으며 걷다가 바닷가에 치솟은 협곡을 만난다. 그 사이로 푸른 바닷물이 넘나든다.

연화도에서 꼭 필요한 것은 '넉넉한 시간'이다. 연화도는 바삐 걷자면 서너 시간쯤 걸리지만, 그 멋진 섬을 그저 발끝만 보고 걷는다는 것은 양이 차

지 않는다.

　바다를 마주한 보덕암 암자 마당에서 얕은 기와담 너머의 바다를 오래 바라보고, 죽순처럼 치솟은 바위 벼랑 사이를 느린 걸음으로 지나고, 느릿느릿 가는 섬의 시간에 맞춰 연화도에 머물러야 비로소 몸이 아닌 '마음을 쉰다'는 감정을 느낄 수 있기 때문이다.

# 죽향(竹香)이 춤추는 섬,
## 오곡도

5월 어느날, 한려수도 미지의 섬 통영 오곡도를 향해 떠난다. 한려수도의 아름다운 비경을 담은 비진도와 용초도, 학림도와 연화도 사이에 쑥스러운 듯 고개를 내민 오곡도는 바람이 거세고 파도가 높아 제대로 된 방파제조차 하나 없는 자그마한 섬이다. 하지만 인간의 발길이 닿지 않은 섬 곳곳은 자연 그대로의 순수함과 아름다움을 간직한 천혜의 비경을 속에 품고 있다.

예부터 섬에 까마귀가 많아 까마귀 오(烏)자를 사용했다는 설과 섬의 형세가 하늘을 나는 까마귀를 닮아 오(烏)자를 사용했다는 두 가지 설이 전해지며, 많은 비렁 계곡인 강정이 있다 하여 계곡 곡(谷)자를 따서 '오곡(烏谷)'이라 하였다는 지명 유래가 전해진다. 통영 사람들은 이 섬에 오소리가 많이 서식했다 하여 지금도 '오시리'라고 부른다.

척포항에서 바다 택시 '동성호'를 타고 오곡도를 향해 출발한다. 오곡도는 통영 산양읍 척포 마동마을에서 뱃길로 10여 분 거리의 가까운 섬이지만 정기 여객선은 다니지 않는다. 한려해상국립공원의 남쪽 가장자리에 자리 잡은 오곡도는 섬 전역에 동백나무가 군락을 이루고 있으며, 해안 곳곳에 갯바위 낚시터가 있어 낚시꾼들에게는 잘 알려진 섬이기도 하다.

우리가 가는 오곡도에는 친구 별장이 있다. 평소 낚시를 좋아하던 친구가 이곳에 낚시 와서 섬의 아름다움에 반해 조그만 섬마을의 빈집 한 채를 사서 손수 땀 흘리며 리모델링을 한 후 지기들을 불러 모아 정분을 나누는 곳이다.

오곡도에는 작은 마을과 큰 마을이 있다. 큰 마을에서 작은 마을까지는 쉬엄쉬엄 20분이면 갈 수 있고, 한창 번성기 때는 40가구 넘게 살았다고 한

다. 현재 작은 마을에는 2가구 2명, 큰 마을에는 2가구 3명이 살고 있다.

배에서 내려 선착장에서 마을로 가는 길은 가파른 언덕을 오르는 것부터 시작된다. 급경사를 이룬 계단을 오르는 길이 만만치 않다. 땅을 보고 수십 번 절을 하면 동백나무 터널이 다가와 우리를 반긴다. 동백꽃이 떨어질 즈음 이 작은 숲길은 핏빛으로 변한다. 그때 다시 와야지.

전망 좋은 산 중턱에 자리한 친구 토담집 방문만 열면 대나무 사이로 비진도, 한산도, 용초도, 연대도 등의 여러 섬이 고개를 내밀고 섬을 처음 방문한 우리들에게 편히 쉬다 가라고 반겨준다.

집을 둘러싼 대밭에서 '쏴아'하는 댓잎 소리에 담긴 죽향이 온몸에 스며드니 마음이 여유롭고 평온해진다. 토담집에 낚시로 건져 올린 싱싱한 횟감으로 약주 한 잔 나눌 수 있다는 사실만으로도 벌써 입에 군침이 돌고 행복해지기 시작한다. 짐을 부리자마자 선착장 방파제로 내려와 낚시를 시작한다. 섬에 오니 마음도 싱싱해진다.

비가 내린 다음 날 아침 해풍이 불자 근처 대밭에서 대나무들이 춤을 춘다. 덩달아 죽향이 울타리를 넘어 집 안으로 들어온다. 죽향을 따라 울타리

넘어 대밭으로 가니 죽순이 지천이다. 어느 기자가 쓴 요리책 '대밭에서 죽순을 씹다'라는 책 제목이 딱 어울리는 순간이다.

토담집을 병풍처럼 둘러싼 대나무와 동백나무, 후박나무의 푸르름과 섬 어느 곳을 둘러봐도 막힘없이 볼 수 있는 한려수도의 빼어난 풍광에 넋을 잃는다.

다음날 작은 마을을 향해 마실을 나선다. 큰 마을에서 전망이 제일 좋은 집을 지난다. 이 집은 친구 동생 집이다. 두 형제가 그저 부러울 뿐.

큰 마을에서 작은 마을로 넘어가는 숲길은 정겨운 오솔길이다. 유유자적 한껏 여유를 부리면서 걷는다. 작은 마을 뒤편 넓은 노지에는 오곡도 특산물인 방풍이 자라고 있다. 여러해살이인 방풍은 한방의 약재로 많이 쓰이는데 중풍을 예방하고 감기와 두통, 발한과 거담 치료에 효과가 탁월하다. 그래서인지 통영시장에서 오곡도 방풍이 나오면 서로 사려고 난리가 난다.

작은 마을 뒷산에 서면 비진도가 보인다. 물이 빠지면 안 섬과 바깥 섬 2개의 섬을 금빛 해변이 아슬아슬하게 이어놓는다. 학림초등학교 동화분교

가 있었던 폐교에는 명상수련원이 들어서 있다. 작은 마을은 곳곳이 폐가다. 사람들이 사는 곳보다 빈집이 더 많다. 두 마을을 이어주는 오솔길은 어제 비 먹어 촉촉하다. 이 숲길은 맑은 댓잎과 솔바람, 살랑대는 해풍으로 그득하다.

마을 언덕 너머 몽돌밭은 오곡도의 숨겨진 비경이다. 둥글둥글한 몽돌과 모나지 않은 큰 바위들이 해변을 가득 메우고 있어 섬의 아름다움을 더한다. 한려수도 푸른 바다의 정기를 한 몸에 받는다는 평계로 몽돌해변으로 출조하여 제법 쏠쏠하게 물고기를 건져 올린다.

여행이란 그런 것 아닐까. 일상에서 벗어나 나를 찾고 다시 일상으로 돌아갈 힘을 얻는 것.

눈길 닿는 곳 모두가 비경인 오곡도에서 2박 3일간 일탈을 마음껏 누리고 비움과 사색의 묘미를 즐긴 후 산양만으로 돌아가는 바다 택시에 몸을 싣는다.

# 선유도, 그곳에 가면
## 신선을 만날 수 있을까

선유도와 장자도, 무녀도는 서해에 그림처럼 떠 있다. 늘 그 섬에 가고 싶었다. 바다에 발을 담근 섬 봉우리에 올라 선유8경을 한없이 바라보고 싶었다. 바닷가를 따라 발바닥에 물집이 잡힐 때까지 한없이 거닐고 싶었다.

오늘에서야 신선이 반한 섬 고군산군도를 찾아 떠난다. 새만금 방조제는 '한반도 지도를 새롭게 그렸다'라고 하는 세계 최대의 방조제로, 거칠 것 없는 직선도로 차창 밖으로 산업시설들이 바람처럼 스쳐 가고 푸른 바다가 나오면서 자연의 세계로 빨려 들어간다.

신시도 근처에 오니 오른쪽으로 고군산군도 섬들이 도열해서 우리를 반긴다. 선유도가 포함된 고군산군도는 유인도와 무인도로 이루어진 63개의 섬 군락으로 천혜의 해상관광공원이다.

2년 전까지 선유도에 가려면 배편을 이용해야 했다. 오늘은 버스로 고군산대교를 건너 무녀도를, 이제 완전히 개통된 선유대교를 지나 선유도를, 장자대교를 지나 장자도 주차장에 도착한다.

선유도는 고군산도의 중심 섬이다. 경관이 아름다워 예부터 관광객과 등산객들이 자주 찾았는데, 다리가 개통되면서 사람들의 발길이 더 잦아졌다. 이제 섬이 아닌 섬이 되었다.

선유도 트레킹 코스는 '고군산길' 또는 '구불8길'이라고 부른다. 장자도 주차장을 출발하여 식당촌과 수산물 시장을 지나고 길이 30m 정도 작은 대장교를 건너니 바닷가에 고깃배와 카페촌이 함께 어우러져 있다.

펜션 뒤편으로 난 오솔길을 따라 대장봉을 향해 산오름을 시작한다. 산자락엔 동백나무와 후박나무가 파란 잎을 반짝인다. 바위를 감싼 해묵은 넝쿨들이 색다른 풍경을 만든다. 밀림 같은 숲을 빠져나오니 앙칼진 암봉이 떡 하니 버티고 서있다. 암릉 경사면을 따라 한 발 두 발 옮긴다. 단 한 번의 실족도 용납하지 않을 만큼 가파르다.

마침내 대장봉 정상이다. 여기에 서면 선유도와 장자도가 그림처럼 내려다보인다. 고군산군도 최고의 절경 중 하나다.

선유도와 장자도, 대장도는 평화롭다. 포구 어귀마다 고깃배 몇 척이 출렁이고, 짙게 낀 해무가 하늘빛을 가리지만 아름다움까지 가릴 수 없다.

점점이 떠 있는 섬들은 평범한 그림을 명화로 만드는 화룡점정(畵龍點睛)이다.

선유8경 중 하나인 '무산십이봉(無山十二峰)'이 보인다. 바다 건너 북쪽에 한 줄로 선 섬들이 한 폭의 수묵화 같다. 발아래로 산행 들머리인 대장리가, 장자도의 장자대교 너머로 선유도가 해무로 덮혀 있다. 대장봉 하산 길의 나무데크에서 바라본 선유도 망주봉과 선유도해수욕장은 자연이 그려낸 실루엣 풍경화다.

계단을 내려오면 작은 사당 뒤로 바위 하나가 보인다. 장자 할매바위다. 웅크린 모습이 아직도 무엇인가를 기다리는 듯하다. 대장봉을 내려와 선유도로 들어서기 위해 인도교를 지난다. 인도교에서 바라보니 조금 전에 올랐던 대장봉이 해무를 허리에 감고 있다. 주말이라 떼거리로 섬 아래에 몰려든 사람들이 싫었던 것일까.

선유도해수욕장 가는 길에 있는 초분공원은 섬사람들이 전통적으로 해왔던 독특한 장례문화를 보여준다.

새로 생긴 짚라인 탑승장은 스릴을 즐기려는 손님들로 만원이다. 바다를 가로질러 망주봉 쪽 무인도가 하강지점이다. 해수욕장에서 짚라인 하강장으로 긴 연륙교가 연결되어 있다.

선유도 일대는 청정지역이다. 개발이 항상 최선은 아니다. 자연을 지키면서 최소한의 개발을 해야 궁극적으로 섬도 살고 여행객도 유치할 수 있다.

선유도해수욕장은 명사십리해수욕장으로도 불린다. 모래가 아주 곱고 희다. 유리처럼 투명한 바다와 고운 백사장이 펼쳐진 명사십리 해수욕장는 선유8경 중 2경이고, 그 뒤로 보이는 망주봉은 3경이다. 갯바람에 실려 온 해무가 온몸을 감싸니 우화등선(羽化登仙), 내가 바로 신선이 아니던가.

　망주봉은 산 전체가 하나의 암릉이다. 바위가 미끄러워 등반할 때 로프를 잡고 조심해서 올라야 한다.

　망주봉 아래로 노란 유채밭이 눈에 띈다. 선유도는 오늘도, 내일도, 모래도 신선이 노닐 만한 섬으로 남아야 한다. 때로는 물 위에 뜬 섬으로, 때로는 섬 안에 든 물로 살아야 한다. 여행자에게 가슴을 들뜨게 하는 섬으로 남아야 한다.

　선유3구 선착장은 군산에서 배가 운항할 때는 활기가 넘치던 어항이었다. 선착장 끝에는 작은 기도등대가 있고, 지금은 고군산군도를 운항하는 유람선이 드나든다.

　선유봉은 선유터널에서 20분 정도면 정상에 오를 수 있다. 선유봉을 오

르며 잠시 뒤돌아보면 섬을 관통하는 대로 너머로 선유대교가 보인다.

선유도 정상 선유봉(112m)에 서면 5경을 감상할 수 있다. 아름드리 소나무를 품은 산자락이 파란 물색 바다에 발을 담그고 있는 모습이 아름답다. 따뜻한 햇볕은 물색을 옥색으로 만든다. 선유봉 아래 남쪽 옥돌마을은 한가롭기 그지없다. 바닷가에 자그마한 자갈들이 빼곡하게 깔려있어 옥돌해변이라 불린다.

무녀도로 넘어와서 한가로운 어촌 풍경을 보며 바닷가를 걷는다. 이곳은 시간도 잠시 멈춰있는 진정한 '섬'이다. 선유도보다 절경은 덜하지만, 상업적인 모습이 덜해 오히려 더 찾고 싶은 섬이다.

아쉬움 때문일까. 날이 좋으면 좋은 대로 또 흐리면 흐린 대로 선유도에서의 시간은 빠르게 지나간다. 뭍에서 떨어진 바다에서 펼쳐지는 섬들의 군무를 구경하던 신선들의 발걸음은

신시도와 무녀도를 잇는 다리가 놓이는 순간
무녀도와 선유도를 잇는 다리가 놓이는 순간
섬이 곧 섬도 육지도 아닌 것이 되는 순간
한꺼번에 사라져 버린 것은 아닐까.
이제 그곳에 가면 다시 신선을 만날 수 있을까.

# 아름다운 섬 장사도에 숨겨진 이야기

'사람과 사람 사이에 섬이 있다. 그 섬에 가고 싶다.'

— 정현종, 섬

섬은 고립이나 소외를 떠올리지만, 그 이면에는 편히 쉬는 공간이라는 의미도 있다. 한려수도 해상공원 장사도를 가려면 통영 여객터미널이 아닌 다리 건너 미륵섬에 있는 유람선 터미널로 가야 한다.

뱀이 누워있는 모습이라 이름하여 장사도(長蛇島). 14채 토담집에 80여 명 주민들이 둥지를 틀고 살았던 곳. 작지만 분교와 교회도 있었던 곳. 섬마을 분교 염소 선생님 이야기가 '낙도의 메아리'란 영화가 되었던 곳.
하지만 섬사람들이 자의반 타의반으로 모두 떠난 섬은 테마공원이라는 화려한 옷으로 갈아입고 도회지에서 찾아온 이방인들에게 유혹의 손길을 내민다.
섬사람들이 타고 다니던 연락선은 끊긴지 이미 오래. 통영과 거제에서 외

지 관광객들을 실은 유람선만 부지런히 섬을 드나든다.

관광객들도 모두 떠난 섬은 밤이면 서럽기 그지없다. 섬이 흘린 눈물은 바다를 이루고, 바다도 가슴 아파 밤새워 운다.

잘 가꾸어진 해상공원은 '편히 쉬는 공간'이어야 하지만, '고립'과 '소외'의 단어가 자꾸 떠오르는 것은 이곳이 '섬'이기 때문만이었을까.

결국 시인이 꿈꾸는 섬은 사람과 사람을 이어주는 공감의 세계가 아니었을까.


섬이 싫다고 모질게 떠나가더니
섬이 고향이라 우기며 다시 몰려오는 파도를
섬은 언제나 따뜻한 엄마처럼 품어준다.

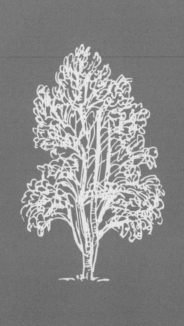

정처 없이 왔다가 기약 없이 떠나는 운수(雲水)들.

별이 빛나는 건 어둠이 있기 때문이다.

태어남이 있기에 죽음이 있다.

시작이 있으면 언제나 끝이 있다.

# #노변정담(爐邊情談)

007가방을 든 사나이 1부
007가방을 든 사나이 2부
가을을 남기고 떠난 사람

# 007 가방을 든 사나이

— 1부 —

1988년 서울 올림픽이 열리던 그해 봄, 군대 동기가 사무실로 불쑥 찾아온다. 키가 크고 얼굴도 미남인 데다 말쑥한 양복 차림에 멋진 007 가방을 들고 사무실로 들어서자 그 친구에게 직원들의 시선이 모두 쏠린다. 사전에 연락을 받지 못한 터라 나도 잠시 당황한다.

"아니, 사무실로 어쩐 일이냐? 미리 연락하지 그랬어."
"지나는 길에 들렀어. 퇴근 시간이 다 되어가지?"

친구와 함께 사무실을 나선다. 전철역 근처 단골 식당으로 가서 곱창전골에 소주 한잔을 나눈다. 2년 만에 만난 친구의 얼굴에는 그늘이 짙다. 평소에 말수가 적은 데다 성격이 내성적이어서 조심스럽게 말을 꺼낸다.

"광주에 있는 여관은 잘 되고 있지?"
"그 여관 벌써 처분했어. 아버지 사업이 부도나는 바람에 여관도 집도 다 날아 갔어."

가벼운 탄식과 함께 소주를 입으로 털어 넣는 모습에 분위기가 심각하다는 것을 깨닫는다.

"아니 무슨 소리야? 어떻게 갑자기 이런 일이⋯."

광주에서 건축업을 제법 크게 하시던 친구 아버지께서 평소 거래가 많았던 대형 시행업체의 부도로 공사 대금을 받지 못해 연쇄 부도를 당하자 친구가 광주에서 직접 운영하던 제법 큰 여관도 넘어가고, 채권자들의 빚 독촉을 피해 가족들도 대학원생인 동생이 사는 인천의 조그만 주공 아파트로 몰래 이사했다는 소식을 전한다.

상심한 친구를 위로하며 소주잔을 건네자 소주를 원 샷 하면서 한 손으로 계속 검은색 007 가방만 만지작거린다.

"집안이 풍비박산 났는데 몸뚱이 멀쩡한 내가 놀아서 되겠니? 지난달부터 브리태니커 백과사전 영업하고 있어."

내가 아는 브리태니커 사전은 세계 최고의 대백과사전이다. 의사, 판사, 검사, 변호사 등 소위 '사'자 달린 사람들과 기업체 사장, 임원들 사무실에서 흔히 볼 수 있는데, 부와 권위와 명성을 과시하려는 장식 용도의 책이기도 하다.

"그래? 책이 비싸 팔기 힘들 텐데. 좀 팔았어?"

친구는 대답 대신 자기 잔에 소주를 가득 채워 입에 털어 넣기만 한다. 이런 모습이 너무 안쓰러워 술에 약한 나도 덩달아 소주를 들이킨다. 능력만

되면 한 질 팔아주면 좋으련만 책값이 워낙 비싸니….

식당에서 나와 배웅하러 전철역으로 가는 데 앞장서서 걷는 친구의 축 처진 어깨를 보니 마음이 너무 아프다. 그냥 보내기 아쉬워 근처 호프집으로 친구를 데리고 들어간다.

다음 날 아침 과음한 탓에 약간 늦게 출근해서 업무를 챙기고 있는데 전화벨이 울린다. 어제 만난 친구의 밝은 목소리가 전화기 너머로 들려온다.

"어제 집에는 잘 들어갔니? 술이 많이 취했던데. 어쨌거나 그 비싼 책을 사줘서 너무 고마워."

"뭐? 내가 언제? 네가 뭘 잘못 알고 있는 거 아니니?"

"무슨 소리야? 어제 호프집에서 책값 160만원을 카드로 24개월 할부 결제까지 했는데. 그나저나 책을 어디로 보낼까? 책 보낼 주소 좀 불러줘."

이 소리를 듣는 순간 몸속 깊은 곳에서 화산이 폭발하고, 그 여진 때문에 온몸이 떨려온다. 뒤이어 특대형 쓰나미가 온몸을 휩쓸고 지나간다. 160만원이면 4개월 치 월급인데 이 일을 어찌할꼬. 이왕 엎질러진 물. 더 궁색하게 굴면 싸나이가 아니다. 친구 입장도 있는데… 마음을 굳게 다잡고 별일 아닌 듯 친구에게 한마디 한다.

"사무실로 보내줘."

며칠 후 사무실에 도착한 책은 거의 이삿짐 수준이다. 초호화 고급 양장 커버로 치장한 수십여 권의 영문판 칼라 브리태니커 사전은 바로 창고로 직행한다. 만일 이 책을 집으로 보냈더라면 마누라 표정이 어떠했을까? 사무실을 배송지로 선택한 것은 신의 한 수다.

　친구는 그 후로도 몇 달을 고객들을 찾아다녔지만, 실적이 전혀 없다. 결국, 내가 친구의 처음이자 마지막 브리태니커 사전 고객이 된 것이다.
　그리고 그해 여름 브리태니커 사전 영업을 그만둔 친구와 소식이 끊긴다.
　카드 할부금을 어렵게 갚아 나가던 그해 12월 중순 사무실에서 한 통의 전화를 받는다.

　"□□□고객님, 잘 지내셨나요? 브리태니커 사전 △△△영업부장입니다. 저희 사전 잘 보고 계시죠?"

　가계 경제에 심각한 위기를 초래한 원인 제공자 브리태니커에 대해 좋지 않은 이미지가 뇌리에 박혀있는 상황에서 걸려온 한 통의 전화는 사람의 심기를 뒤틀리게 만든다.

　"아니 무슨 일이죠. 제가 바쁘니 용건만 말씀하세요."
　"모레 고객님께서 저희 회사 송년회장으로 좀 나오셔야 하겠습니다."

"제가 거길 왜 가요?"

"일단 축하부터 드립니다. 저희 회사가 매년 브리태니커 사전을 구매하신 고객님들 가운데 한분을 추첨으로 뽑아서 책 대금을 장학금으로 돌려 드리는 행사를 하고 있는데, 올해는 고객님께서 당첨되셨습니다. 그래서 송년회 행사 때 영국에서 오신 회장님이 고객님께 직접 장학금을 전달할 예정입니다."

세상에 이런 일이! 반신반의하면서도 영업부장에게 시간과 장소를 두어 번 확인을 한다.

송년회장인 서울 남산 자락에 있는 특급호텔의 그랜드볼룸에는 말쑥한 정장 차림을 한 수백 명의 브리태니커 회사 직원들이 모여 있다. 모처럼 양복을 입고 귀빈석에 안내받아 앉아 있는데 통화한 영업부장이 와서 인사하면서 시상이 끝난 후 뷔페 식사를 하고 자기를 꼭 만나고 가라고 당부한다. 우수 영업사원 시상이 끝나고 드디어 내 이름을 불러서 단상에 올라가니 영국인 회장이 웃으면서 봉투를 준다. 그 봉투를 받고 원래 자리인 귀빈석이 아닌 화장실로 직행한다. 봉투를 열어보니 100만 원 수표와 60만 원 수표가 각각 1장씩 들어있다. 이런 횡재가 나한테도 찾아오다니!

마음을 추스르고 뷔페 식사를 하러 식당으로 가다가 복도에서 영업부장을 우연히 만난다. 웃으면서 다가왔다.

"고객님, 이번에 저희 회사에서 캄톤 백과사전이 새로 나왔는데 이번 기회에 한 번 장만하시죠."

"네. 제가 오늘 일이 바빠 사무실로 바로 들어가 봐야 합니다. 다음에 시간 내어 연락주시면 감사하겠습니다."

그 비싼 특급호텔 뷔페도 본의 아니게 포기한 채 전철을 타고 사무실로 돌아오지만, 양복 안주머니에 든 수표 덕분에 배고픔은 잊은 지 이미 오래다.

시상식에 다녀온 후 엉뚱한 행운을 안겨준 친구 소식이 궁금해서 동생한테도, 알만한 주위 지인들한테도 연락해도 아는 이가 아무도 없다.

요즘 같은 연말이면 더 보고 싶은 '007 가방을 든 사나이'.

집 서재에 있는 브리태니커 사전을 볼 때마다 생각나는 친구.

이 친구는 지금 어디서 무엇을 하고 있을까.

30년이 지났지만 보고 싶다. 친구야!

# 007 가방을 든 사나이

— 2부 —

아들이 결혼을 하게 되어 정부투자기관 이사장을 하고 있는 대학 동기에게 주례를 부탁했더니 흔쾌히 승낙하면서 조건을 하나 내건다. 자신은 예식 전에 꼭 예비 신랑, 신부를 만나 같이 식사를 하면서 인과 관계를 맺는다는 것이다. 좀 특이하다고 생각했지만 부탁하는 입장이라 군소리 없이 그리하기로 하고 약속 시간 보다 30분 정도 일찍 약속 장소인 한정식집으로 간다. 친구가 회사 직원들과 같이 이용하는 한정식집은 평일 초저녁인데도 손님들로 북적인다.

제법 유명한 식당이려니 생각하고 카운터로 가서 예약자 이름을 대고 룸 번호를 물어본다. 주문 전표를 확인하고 있던 머리가 약간 벗겨진 초로의 아저씨가 고개를 들면서 말했다.

"계봉아! 네가 여기 어쩐 일이냐? 반갑다!"

큰소리로 외치면서 카운터를 빠져나와 갑자기 끌어안는다. 일순간 식당 홀에 있던 손님들이 의아해하는 눈초리로 쳐다보고 있어 당황스럽기 짝이 없다.

가만히 살펴보니 바로 30년간 연락이 끊긴 '007 가방을 든 사나이'다. 나도 너무 놀랍고 반가워 친구를 부둥켜안고 식당 밖으로 나온다.

식당 밖에 있는 작은 벤치에 앉자마자 둘은 30년 전으로 거슬러 올라간다. 브리태니커 회사를 그만둔 친구는 고향 친구가 하는 일을 돕다가 여의치 않자 선원이 되어 외항선을 타게 된다. 몇 년씩 선상 생활을 해야 하는 바람에 저절로 지인들과 연락이 두절되고 혼자만의 외로운 삶이 시작된 것이다.

그러다가 잠시 한국에 나왔을 때 마침 초등학교 동기를 만나 억지로 동창회에 끌려나가게 된다. 동창회 모임에 나온 동기들 중 미혼은 딱 둘, 바로 이친구와 여자 동기 하나. 친구들이 두 사람 등을 떠밀어 둘은 반강제로 사귀게 되고 눈이 맞은 두 사람은 결국 결혼에 골인한다. 친구는 부인이 서울서 하는 식당 일을 돕기 위해 선원 생활에 종지부를 찍고 땅을 밟게 된다. 그 이후 두 사람은 억척같이 식당 일에 매달리게 되고 세월이 흐르는 동안 서울 도심에서 제법 이름이 알려진 한정식 식당을 두 개나 운영하기에 이른다.

식당에 도착한 아들과 예비 며느리가 식당 앞에 있는 나를 부르는 바람에 30년 전으로 잠시 떠난 두 사람의 여행은 꿈결에서 깨어난다. 제일 마지막에 도착한 주례 맡을 친구에게 이런 사연을 말하자 친구도 "세상 정말 좁다."라면서 "자녀 결혼을 앞두고 좋은 징조다."라고 축하 인사를 건넨다.

주례를 할 친구가 아들과 예비 며느리에게 건네는 덕담은 별로 귀에 들어오지 않고, 형형색색 맛난 음식들이 상다리를 휘청하게 만드는데도 별로 구미가 당기지 않는다. 머릿속은 오직 30년 만에 만난 친구 생각뿐이다. 긴 한정식 풀코스가 끝나고 친구가 계산하러 나간 사이에 아들과 예비 며느리에게 한마디 한다.

"얘들아. 너희 둘은 정말 천생연분이다. 그리고 정말 고맙다."

두 사람은 이 말이 결혼을 앞둔 자녀에게 부모가 하는 의례적인 인사말인 줄 알았을 것이다. 그러나 30년 동안 헤어진 친구를 만나게 해 준 두 사람이 오늘 너무 예쁘고 고맙다.

아들 결혼식에 온 친구는 혼주에게 부담되는 고액의 축의금을 낸다. 뒤에 만난 친구에게 축의금이 과분하다고 얘기했더니 그냥 씩 웃기만 한다.

나는 그 친구에게 30년 전 브리태니커 장학금을 받았다는 사실을 아직 이야기하지 못하고 있다. 이렇게 글로 써서 심경을 표현하니 체기가 내려간 듯 속이 너무 시원하다.

30년 동안 가슴에 담고 있었던 말.

"보고 싶다. 친구야!"

이제 그 말은 미래형에서 과거형으로 시제만 바뀐다.

"보고 싶었다. 친구야!"

친구가 이 글을 꼭 읽었으면 좋겠다.

# 가을을 남기고 떠난 사람

구불구불한 가을 산길을 홀로 걸으면 심연의 고독이 산죽의 이파리처럼 살갗을 헤치고 다가온다. 낙엽을 떨구고 있는 나무들을 보면 나도 무언가 미련 없이 떨구고 싶다.

흙으로 돌아가기 전 너무나도 많은 것을 움켜쥐려 발버둥을 치는 우리들과 낙엽의 삶은 어찌 이리도 다른가.

P형. 그는 해마다 수능 시험 때인 11월이 되면 생각나는 사람이다. 나보다 두 살 많은 P형은 어느 가을날 우리 곁을 떠나갔다.

단풍이 유난히도 붉었던 그해 수능 시험에 수능 출제위원으로 참여한 P형은 외부와 단절된 공간에서 한 달 이상을 문제 출제를 위해 동고동락했던 선생님이었다. 그런데 수능 시험일 이틀 전 숙소에서 심장마비로 갑작스럽게 운명하고 말았다. 바깥세상과 격리되어 출제 업무에 매진하다가 세상 밖으로 나가기 이틀 전 유명을 달리한 것이다.

당시 P형을 출제위원으로 섭외했던 나는 갑작스럽게 P형을 잃은 상실감과 도의적 책임으로 인한 자괴감에 심한 충격을 받았다. 천근만근 누르는 마음의 빚을 덜어 내기 위해 숙소 내에 임시로 설치된 빈소에서 상주가 되어 꼬박 이틀 동안 조문객들을 맞이했다. 수능 작업에 참여한 모든 사람들이 빈소를 찾아 고인을 추모하였다.

수능 시험이 끝나는 시간, 숙소에서 해방된 나는 집으로 가는 대신 P형의 유해가 안치된 장례식장으로 달려갔다. 그리고 P형의 빈소에서 망연자실하고 있는 유가족들을 만났다. 처음 만난 유가족들에게 나는 그저 변명이 필요 없는 죄인이었다.

나의 업(業)으로 생긴 일이었는지 나는 마음의 평정을 잃게 되고 번뇌에 휘둘리기 시작했다 그래서 업장소멸을 위해 며칠간 휴가를 내고 깊은 산중의 암자를 찾았다. 아침 일찍 오른 산에는 단풍 낙엽의 가장자리에 하얀 서릿발이 구슬처럼 피어나 있다. 늦가을인데 벌써 손끝이 시린 것은 서리꽃의 날카로움 때문이다.

서리 맞은 잎이 단풍잎보다 붉다. 가장 치명적인 것이 더욱 극적인 아름다움을 만들어내기 때문일까.

언제 내린 눈일까. 산사로 가는 길은 촛농처럼 잔설이 엉겨있다. 조용히 정좌한 산중 암자는 외로이 찾아온 속인을 포근히 안아준다.

방에 드니 그새 공양간의 불이 꺼지고 산사에는 적막이 내린다. 잠시 후 어둠을 타고 혼신을 다하는 스님의 무고는 북소리를 타고 허공을 가른다. 나도 홀린 듯 방에서 나와 범종루로 가서 두 손 모아 합장하며 P형의 영가 천도를 기원한다. P형이 북소리 타고 자비로운 피안의 세계로 갈 수 있도록 허리 굽혀 절을 계속 올린다.

이제 북소리는 종소리로 이어져 어둠 속을 메아리친다. 깊고 장엄한 종소리는 평온과 안식의 자비로운 울림이다. 몸이 떨릴 만큼 강렬한 울림이 동심원을 만들며 산사 바깥으로 퍼져나간다.

산사의 어둠은 칠흑같이 짙은 어둠이다. 빛의 번짐이 추호도 느껴지지 않는 완전한 어둠이다. 짙디짙은 어둠은 맑은 어둠이다. 무엇 하나 거칠 것이 없는 맑은 어둠이다.

나도 삼독(三毒)과 헛된 번뇌를 종소리에 실어 보낸다. 그리고 온전히 열려있는 자신을 만나기 위해 비우고 또 비운다.

방으로 돌아와 안식의 어둠 속으로 건너간다. 시간이 얼마나 흘렀을까. 목탁소리에 눈을 뜨니 밖은 아직 어둠 속이다.

문을 열고 마루에 걸터앉아 맑고 짙은 공기를 폐부 깊숙이 들이마시니 멀리 어둠 속에서 목탁소리에 잔잔하게 흔들리는 별빛이 인사한다.

정처 없이 왔다가 기약 없이 떠나는 운수(雲水)들.
별이 빛나는 건 어둠이 있기 때문이다.
태어남이 있기에 죽음이 있다.
시작이 있으면 언제나 끝이 있다.

아침 일찍 산사에서 내려오는 길에 붉디붉은 단풍잎을 만난다. 곱고 화려한 모습으로 아름다운 이별을 알리다가 죽음에 이르러서는 바스러질 듯 약한 몸을 구부리고 오그려 다른 생명을 보듬는 낙엽이 된다. 생각만 해도 가슴 뭉클하다.

P형. 부디 극락에서 영생하소서.